恋風千両剣

山手樹一郎

コスミック・時代文庫

この作品は二〇一四年に小社から刊行されたものです。

本書には今日では差別表現として好ましくない表現も使用されていますが、作品の時代背景および出典を尊重し、あえてそのまま掲載しています。

恋風千両剣

強情っぱり

師走《しわす》も押しせまって、あと三、四日で正月を迎えようという日の、どんより曇った雪もよいの昼さがりだった。

「こんにちは――まっぴらごめんくだせえまし」

銚子《ちょうし》の喜太郎《きたろう》はやっとたずねあてた柳橋《やなぎばし》の船宿兼田《かねだ》の油障子をあけて、土間へはいり、店の炉《ろ》ばたのほうへていねいに小腰をかがめた。

「どなた――」

うす暗い炉ばたにただひとり、ぽつねんと物思いにふけっていたのはここの娘だろう、年ごろ十九か二十《はたち》、娘にしては少し年増《としま》すぎるが、きりっとした目もさめるような下町娘で、喜太郎はこんな器量のいい娘に出会ったのは、生まれてはじめてのような気がする。

その娘の目がじっと喜太郎の身なりを見まわして、急になあんだという表情になった。旅にうすよごれた目くら縞《じま》の素あわせをしりっぱしょりにして、あさぎのもも引きわらじがけ、からだつきがかっしりとたくましいだけに、越後《えちご》あたりから出かせぎにきた米つき男としか見えない。

「なんか、用なんですか」

「へえ、用がなければきません」

喜太郎は冗談のつもりでにっこりしてみせたが、その返事がまた娘には気に入らなかったのだろう。

「ごあいさつねえ、どんな用なんです」

「おとっつぁんいなさるかね」

「いったい、だれなの、あんたは」

「遠くからきた者でござえます」

「だから、どこのどなたってきいてるんじゃありませんか」

「名のってもたぶんわからねえと思うが、銚子の喜太さんといいます」

「その銚子の喜太さんが、うちのおとっつぁんにどんな用があるんです」

「それはおとっつぁんに会ってからいうです。おとっつぁん家にいなさるかね」

「いないわ」

「やれやれ、家出したかね」

「なんですって――」

「あは、は、そんなにおこらなくてもいいです。いまのは冗談なんだから」

「あんた、あたしをバカにする気なの。承知しないから」

自分のほうが先にけいべつしているくせに、娘は目を怒らせてにらみつける。

「腹をたてたかね。こう申しちゃなんでござえますが、あねごさんはいいご器量でござえますね。わしは感心したです」

「ほんとうにおこるわよ、あたし」

「おこっては困るです。これはほんのおせじなんだから」

「帰ってください、人をバカにして。さっさとお帰りってば」

「あれえ、ほんとにおこったんかね」

喜太郎はもう一度にっこりした。わらうとお地蔵さまのような顔にもなる喜太郎だ。

「おこったんならかんべんしてもらいてえな。けっして悪気があったわけではねえです――改めてまじめにうかがいますが、ここのおとっつぁん、いつごろお帰りでござえましょうか」

「もう知らないってば」

「はあてね、困ったなあ。ほんとにおこったんかね。あねごさんは短気は損気ってこと知らないかね」

「もうたくさん。水をぶっかけてやるから」

「ありがとうごぜえます。そんならちょっとおきき申しますが、江戸では人がたずねてきておじぎをしても、おじぎをかえさないのが礼儀でごぜえましょうか」

「なんですって――」

「わしはいなか者で、江戸のことはよく知らねえが、これでも遠くからわざわざ用があってたずねてきたです。用がなければ、他人さまの敷居はまたぎません。その客に、おじぎもかえさないで、いきなり頭から、なんか用なんですかと、にらみつけるのが江戸のお行儀なんでごぜえましょうかね」

さすがに娘の顔が赤くなった。赤くなってもくやしそうににらみつけているところを見ると、これはよっぽど勝ち気なあねご娘らしい。

「腹がたったら、どうかかんべんしてくだせえまし、わしはまたおとっつぁんが帰った時分に、もう一度おたずねしますべ。おじゃまいたしました」

喜太郎はていねいにおじぎをして、あんまり若い娘をからかっても悪いから、さっさと表へ出た。むろん、娘は、ちょっと待ってくださいなどとは引きとめようともしなかった。

――たのもしい強情っぱりだな。島吉《しまきち》そっくりだ。

喜太郎は妙に胸があかるい気持ちである。

喜太郎が仙台塩釜《せんだいしおがま》の酉五郎《とりごろう》親分の家で、江戸の島吉にはじめて会ったのは、この夏のはじめごろであった。喜太郎は銚子の網元灘屋喜兵衛《なだやきへえ》のせがれで、おとなしくしていれば灘喜の若だんなで苦労はなかったが、なまじ剣術や柔術をかじって、腕力に自信のできたのが、いわゆる生兵法《なまびょうほう》大けがのたとえにもれず、博徒《ばくと》を切って土地にいられなくなってしまった。それから二、三年は、やけで、上州《じょうしゅう》から野州《やしゅう》を渡世人で歩きまわっていたが、ばからしいと気がついたので、塩釜の酉五郎だんなの家へわらじをぬいでからは、おもに漁場で働かしてもらっていた。

そこへあとからわらじをぬいだのが、江戸の島吉である。島吉が江戸にいられなくなったのも、博徒を切って凶状《きょうじょう》持ちになったからで、これは、そのまま渡世人になりすまし、房総《ぼうそう》から常陸《ひたち》、磐城《いわき》を押しまわって塩釜まで流れてきたのである。身のたけ五尺八寸、堂々たる男っぷりで、腕っ節も強かった。

由来、江戸の人間はいなかへくると、すぐに江戸っ子を振りまわして人をみくびる癖がある。いなか者の喜太郎は、むろん島吉に頭からみくびられていた。が、その時分の喜太郎は、もう半分やくざの足を洗いかけて、自分は漁師の気でいたから、べつに島吉と張り合おうなどとは少しも思わなかった。

それが強情無類の島吉から、なんとなく目のかたきにされだしたのは、夏相撲《ずもう》をとってからのことで、

「喜太、もんでやるから一丁こい」

本場の相撲べやでけいこしてもらったという島吉は、草相撲の大関格で、漁師が多い土地の若者たちも、わざがあるから島吉にはだれもかなわない。

喜太郎は島吉よりひとまわり小さいし、人間ものんびりしているほうだから、島吉にしては弟子《でし》扱いのつもりだったのだろう。が、実際にぶつかってみると、そうはいかなかった。喜太郎は漁で鍛えた腕力のうえに、好きでけいこをした柔術も剣術も免許に近い。十番取って十番とも負けると、さすが強情っぱりの島吉が苦い顔をして、

「てめえは生まれそこないだ」

と、さじを投げてしまった。そのときの島吉の顔を思い出すと、今でも喜太郎はおかしくなる。

読み書きそろばんでは初めから喜太郎にかなわない島吉だった。あとに残る島吉のうぬぼれは、股旅《またたび》で鍛えたけんか度胸と賭場《とば》の駆け引きである。ばくち度胸のほうは、もうそのころ喜太郎はあまり賭場へは出入りしなくなっていたので、勝負を決するときはついになかったが、けんか度胸のほうは、酉五郎親分が石巻《いしのまき》の佐助《さすけ》一家にけんか状を突きつけられ、それは仙台の親分たちが仲へはいって手打ちになったが、どうしても酉五郎をけ込もうとする腹の佐助は、この盆すぎ、ふいに十三人で塩釜のほうへ切り込みをかけてきた。

ちょうどこっちはおもだった子分たちがるすで家には四、五人しかいなかったが、もっともかれらはそこをねらってきたので、半分は相当名ある旅人を集めていた。それをみごと撃退したのは喜太郎と島吉のふたりで、佐助側は半数以上けが人になって敗走し、とうとう土地を売ってしまった。

そのときも威勢のいい島吉は二、三ヵ所傷をうけて医者のやっかいになったが、のっそりとさえない喜太郎はかすり傷一つうけず、平気な顔をしていた。どっちかといえば喜太郎のほうが敵を多く倒して、一度は島吉のうしろから切ってかかったやつを横っ飛びにやっつけて助けてもいる。それを島吉はちゃんと知ってい て、

「てめえはまったく生まれそこないだ」

と、あきれかえっていた。

それでもまだ兄貴風を吹かしたい島吉は、おれはこれでも江戸で三人たたっ切ってきた凶状持ちだと、むじゃきな自慢をしていた。喜太郎は自分のことはばからしいから、だれにも話したことはないが、銚子のほうから旅人がまわってきて、あいつは網元の若だんなのくせに、土地の悪親分なにがしの賭場へひとりであばれこみ、即死がふたり、けが人を十何人か出したすごい奴だと、はじめて素姓《すじよう》がわかると、

「喜太、てめえはどうして、おれのうわてばかり行きゃあがるんだ。いやな野郎だなあ」

と、立つ瀬のないような顔をした。

「心配しなさんな。とても島兄貴にかなわないことがたった一つある。どういうもんか、おれは女にもてたことがねえ」

そういってなぐさめてやると、

「なにをぬかしやがる、女にもてるのが男の自慢になるけえ」

と、口ではおこっていたが、島吉は江戸っ子で、バカみたいに気まえがよくて、

役者のような男っぷりだったから、うわき稼業《かぎょう》の女にはすごくもてた。当人もまんざら悪い気持ちではなかったらしく、女と賭場度胸だけはおれのものだというような顔をしてよく喜太郎を遊びにひっぱり出し、兄貴風を吹かせてよろこんでいた。

お相撲勝《かつ》

とにかく、島吉という男はひどく強情っぱりだったが、悪気というものは少しもなく、むじゃきでさばさばとした楽天家だった。年は一つ上の二十五だったから、喜太郎は兄貴と呼んでいたが、そのおれのほうが腹はよっぽど黒いと、喜太郎はいつも自分でそう思っていた。

故郷銚子を飛び出してから、喜太郎にとってはいちばん気の合った島吉が、一ヵ月ばかりまえ、ふとかぜをひいたのがもとで、四、五日ほど床につき、あっけなく息を引き取ってしまったのである。生来の酒好きと女にもてすぎて不摂生だ

ったのが、いつのまにかからだにたたっていたのだろう。死ぬまでひどい熱がつづき、うわごとばかり口走っていたが、

「喜太、おれはだめそうだぜ」

と、死ぬまえの日の明けがた、ぽかんと夢からさめたように目をあいて、この三日ばかりそばを離れずに看病していた喜太郎の顔を見あげた。

「なにをいうんだ。寝ぼけなさんな。水でものむか、兄貴」

「うむ」

急須《きゅうす》の水を口へ持っていってやると、二口三口うまそうにのんで、ぼんやりと天井をながめている。

「どうした、苦しいんかね」

「夢を見ていたんだ、おやじのな。江戸を飛び出して、足かけ三年にならあ。さんざっぱら親にも不孝なまねをしたが、おれはてめえで好きかってなことをやってきたんだから、ここで死んでもなんにも心残りはねえ。おれが死んだらな、喜太、すまねえけれど、江戸へ行って、おれの胴巻きん中に五十両だけ別にしてあるから、いつかは、おれだって江戸へかえれるときがある、そのときみやげにするつもりで、五十両だけはいつも別にしておいたのよ。すまねえが、その五十両

をおやじにわたして、島吉はおもしろおかしく毎日を暮らして、わらって寿命を終わった。自分をふしあわせだなんて、一日も考えたことはなかった、おとっつぁんも、お品《しな》も、――お品ってのはおれのたったひとりの妹だ。ふたりともどうか嘆かねえでくれって、ことづけが頼みてえんだ」

「遺言は早いだろう。よしてもらいてえな」

「そうか。もし早かったら忘れてくんな、ひょっとほんとうになったら、たのむよ、喜太。おれはこのうえ、おとっつぁんや妹に、泣いてもらいたくねえんだ。――だからよう、どこへ行っても島吉のやつは、女にはもてたし、金には不自由しなかったし、好きかってなことをやって死んだと、たのむぜ。おやじはきっとおれのことばかり、苦労しているんだ。妹のやつがしっかりしているから、おれは安心だが、親不孝ばかりしちまった。申しわけねえや」

　喜太郎は自分のことをいわれているようで、おれだっておなじことだ、だれが好きこのんで親不孝してえものかと、じいんと胸が熱くなり、

「よしてくれってば、兄貴。おれが意見されてるみたいじゃねえか。里心がつくなあ、そんなことといわれるとよ。おたがいに、どんなに里心がついたって、当分は帰れねえ故郷だもんな」

と、そっと島吉の手を握ってやった。

「そのとおりだ。帰れねえおれたちより、どこでどうしているかと、毎日心配している親の気持ちを思うと、おれはやりきれねえ」

「もうよせってのに。愚痴《ぐち》じゃねえか」

ふたりしてぼろぼろ涙をこぼしたのが最後の別れだった。東北の十一月の明けがたは、身にこたえるような寒さだった。

島吉の亡骸《なきがら》は酉五郎親分の菩提寺《ぼだいじ》へ手あつく葬《ほうむ》られ、遺言があるから三七忌をすませるとすぐ形見の遺髪に五十両の金を胴巻きに入れ、

「きっと、いつでもいいから、もう一度顔を見せておくれよ」

と、親分にいわれて、塩釜を立ってきた喜太郎だった。

――あれが妹のお品にちがいない。

顔もよく似ていた。こっちがついなれなれしくからかったのが悪かったが、いきなりぽんぽんかみついてくるところまで島吉そっくりだ。今ごろ少しは後悔して、それでもまだ人のせいにしながらぷんぷんおこっているだろうと思うと、喜太郎はひとりでおかしくなる。

――また晩にでも出かけていって、からかってやるべ。

喜太郎にはどうかすると、そういう人の悪いところがあるのだ。

もっとも、喜太郎は初めから島吉との縁などにたよって、兼田へわらじをぬぐ気持ちはなかった。馬喰町《ばくろちょう》二丁目に恵比寿屋金兵衛《えびすやきんべえ》という上旅籠《じょうはたご》があって、そこが江戸へ用たしに出るとおやじ灘屋喜兵衛の長年の定宿だった。故郷を出るとき、いきなり江戸へは行くな、二、三年いなかをまわって、ほとぼりをさまし、それから江戸へ出て身を立てろ。江戸へ行ったら恵比寿屋へわらじをぬげ、こっちからたよりをしておくからと、くれぐれもおやじからいい含められている。

――この間にちょっと恵比寿屋へ顔を出してこよう。

こんどは江戸におちついて、なんとか堅気《かたぎ》で身を立てる腹の喜太郎なのだ。浅草橋《あさくさばし》をわたって、両国広小路《りょうごくひろこうじ》を突っ切り、横山町《よこやまちょう》の通りへはいってくると、その道々どこを通っても、いなか者の目にはごったがえすような雑踏で、ことに暮れも押し迫っているから人の足がなんとなく殺気だってせかせかと早い。のっそりと歩いていると、突き飛ばされそうだ。

――はあてな、ここにもなんか見せ物があるんかな。

一軒の前に黒山のように人がたかっているので、そのうしろのほうへ立ち止まってみると、そこは桐生屋《きりゅうや》という大きな呉服太物の店先で、客はひとりもいない。

たったひとり、やくざふうのがらの悪い大男が店先に腰をかけて、片あぐらを組みながらタバコをふかしている。つまり、それが見せ物なのだ。番頭小僧はみんな片わきへどいて小さくなっている。

「悪いやつにねらわれたねえ、桐生屋も」

中年の職人がひとり、これは初めからのことを知っているらしくしきりに説明したがっている。

「どうしたんです。あの男は何者なんです」

いま立ったばかりの小商人ふうの男が職人にきいた。

「あれは東両国のお相撲勝という命知らずでね、暮れで金がいるんでさ。そら、あそこに手おけが置いてあらあ。いいあんばいに、ここの店の前を通ると、小僧が水をまいていた。そのまいているほうへわざと出ていったから、どうしても水がかからあね。やい、なんのうらみがあって、おれに水をぶっかけたんだ。てめえじゃ話がわからねえ、主人を出せと、あそこへあぐらをかいてしまったのさ。まあ、一両はどうしてもふんだくられるね。高い水でさ」

「うまい仕事があるもんですね。ちょいと水がひっかかって一両、この節季に一両になるんなら、わたしは頭から水をかぶせられてもいいがなあ」

「そのかわり、へたをすると、暗いところへぶちこまれる」

「あんなやつは早く暗いところへぶちこまれたほうがいいんですがね。人間もあのくらいの命知らずになると、お上《かみ》でもちょいと手がつけられないんでしょうね。まったく、あの野郎にはどのくらい人が泣かされているかしれません」

わきから小がらな年寄りが義憤《ぎふん》をもらしだす。

店では、奥から中年の番頭が、盆の上へ包み金をのせて出てきた。それをお相撲勝の前へおいて、

「親方、ただいまは丁稚《でっち》がとんだぶちょうほうを働きまして、なんとも申しわけございません。さっそく主人が出ましておわびを申し上げなければならないのでございますが、あいにく少しかぜのきみで伏せております。些少《さしょう》ではございますが、これはほんの、おわびのしるしでして、どうぞごきげんをおなおし願います」

と、ものやわらかなあいさつだ。

お相撲勝はひょいとそれを手にとって、中身は一両とすぐわかったが、それでは不服だったのだろう。

「番頭さん、これはなんだえ」

と、どんぐり眼をぎろりとむいた。

「はい、ほんのおわびのしるしでございまして」

「なめちゃいけねえ、やせても枯れてもおれはお相撲勝だ。だれが金をくれといった。物もらいじゃねえや。人をバカにするねえ」

金包みをぽんとそこへ投げ出して、憎いつらつきをする。

「お気にさわりましたら、お許しを願います。では、どういうことにいたしましたら――」

「だからよう、主人をここへ出せといってるじゃねえか。なんの意恨《いこん》があって小僧に水をぶっかけさせたか、返事によっちゃただはすまされねえ。おい、番頭、おれは平気で人を殺す男だよ。あんまり見そこなうねえ」

むろん、もっと金を出せというなぞだろう。人殺しを看板にして善良な人間をおどしつけているのがなんともつら憎い。

「しばらくお待ちくださいまし」

番頭は困ったように、持ってきた盆を持って、もう一度奥へ引き取っていった。

「憎いねえ、一両じゃ承知できねえんだとよ」

「すると、五両ですかね。あくどいねえ」

やじうまの義憤を耳にするにつけても、持って生まれた性分《しょうぶん》で、喜太郎はどうにもがまんができない。

「ごめんくだせえまし。少々お通し願います」

人がきをかきわけて、おや、この野郎、うすぎたねえいなか者のくせに、なにをする気だろうと、変な顔をしているうちに、前へ出てしまった。

店のわきに小僧がおいていった手おけとひしゃくがあって、まだ水が半分ばかり残っている。それを取りあげて、一つ二つ往来へ水をまいた喜太郎は、三つめをふいにお相撲勝の胸のあたりから、ざぶりとぶっかけた。

「あっ、この野郎」

まさかと思っていた勝は、寒中の水だから、ぞっとして突っ立ちあがり、たちまち凶暴な目つきをむき出しにした。

「どうもすまねえです。ついしたことで、かんべんしてくだせえまし。そのかわり、五両お賽銭《さいせん》をあげるから」

どっとやじうまが笑いだした。

「うぬっ、てめえはどこのどいつだ」

「通りがかりの者でごぜえます。つい手おけを見ると、水をまいてみたくなる性分があるもんだからね。まあ、道楽とでもいいますかね」

「この野郎、おれをなめやがって」

「そんなきたねえつら、ああ、ごめんなせえまし。きたなくはねえが、塩辛そうな親分の顔をなめるなんて、わしはそんな物好きではごぜえません」

こんな一文《いちもん》になりそうもないいなか者を相手にしてもはじまらないが、ここまで小バカにされてはもう腹の虫がおさまらなかったのだろう。

「こい、野郎。ひねりつぶしてくれる」

「そうこなくてはおもしろくねえな。じゃ、もっと広いとこへ行くべ」

けろりとしてわらっている喜太郎だ。

「なにをぬかしやがる。目をまわすなよ」

はあっと大きなげんこに息を吹っかけるのへ、

「おっと、待った。ここではいけねえ。あっちへ行くべ。それとも、親方、わしといっしょにあっちへ行くのはおっかないかね」

と、喜太郎はいよいよからかい顔だ。

初げんか

「この野郎、もう承知できねえ」

お相撲勝は、せっかく五両になりかけているのだ、なるべく桐生屋の前をはなれたくない。たかが小力自慢のいなかっぺいぐらい、ひっつかまえて二つ三つ横っつらを張り飛ばしてやれば、べそをかいて逃げだすとでも考えたのだろう。いきなり左手で喜太郎の胸ぐらをつかみにきた。

「おっと、あぶねえ」

ここで相手をのしてしまっては店の迷惑になる。喜太郎はなんとか往来へひっぱり出す考えだから、その手を払いのけて、すばやくあとしざりする。

「野郎ッ」

こんどこそと、お相撲勝は、大きく踏んごんできた。

「そうはいかねえ」

さっと喜太郎が大きく飛びさがる。

「くそッ、めんどうだ」

お相撲勝はとうとう大手をひろげて、ぱっと組みつきにくる。

「だめなこった」

喜太郎は身軽に横へ飛んで、またしてもすかを食わす。

まるで、土俵の上で大きな相撲が小さな相撲を追いまわし、つかまえそこねては、ひとりで腹をたてているようなかっこうなので、やじうまはげらげら笑っている。

「こんちくしょう、おれをバカにする気だな」

お相撲勝はひと息入れるように突っ立って、血相が変わってきた。

「水にするかね、親分」

相手が突っ立てば、喜太郎も立って、そんなからかうようなことをいう。もうそこはいつの間にか、桐生屋の店先を離れて、往来のまんなかへ出ていた。

「野郎ッ」

人前でこんなに小バカにされたのもはじめてだったのだろう、お相撲勝はこんどこそはと死にもの狂いで、力いっぱいおどりこんできた。喜太郎はもういいだ

ろうと思ったから、こんどは逃げない。すっとひと足さがりながら、つかみかかってくる相手のきき腕をひょいと取るなり、

「よいしょ」

肩にかついでみごとな一本背負いだった。

つかまえるほうへばかり気を取られて、すっかり腰が浮いていたところだからたまらない、大きなずうたいで空で一つもんどりうって、

「わあっ」

お相撲勝は二、三間《けん》すっ飛ばされ、いやというほど往来へたたきつけられた。

やじうまどもがびっくりして、思わずどっとはやしたてる。

が、さすがは相撲べやで飯を食っていたことのあるやつ、

「こんちくしょう、やりやがったなッ」

なおもむくりと起き上がったときには、もうふところの匕首《あいくち》を抜いて両手で胸へかまえ、ひょうのように身構えている。おれは平気で人を殺す男だよと、さっき番頭にすごんでいたが、まんざらおどかしばかりでもないらしい。

さすがのやじうまも、しいんと顔色を変えてしまった。

「おっかねえなあ。それだけはかんべんしてくれよ、親分」

喜太郎はのっそり立ったまま、くるならこいというような不敵なつらだましいだ。

「くそッ」

だっとお相撲勝がからだごと突っかけてきた。

「どっこい」

びんしょうな喜太郎は、とっさに体を右へひらいて、空を突いた敵の肩をしたたか平手でたたいたあと、左の足癖を見せたのと同時、

「あっ」

お相撲勝はまたしても虚を突かれて、激しく前へ突んのめっていった。

「やあ、八丁堀《はっちょうぼり》がきた」

「定回りのだんなだぞ」

このとき、やじうまの中から、大きな声でどなってくれる者があった。それは喜太郎にというより、お相撲勝をおどかすためのやじうまの声援でもあったのだろう。

が、喜太郎にとっても、いわば凶状のある身だから役人はありがたくない。それに、役人さえくれば、いかにお相撲勝が悪党でも逃げ出すよりはしようがなか

ろうと見たので、喜太郎はその声を聞くより早く、さっさと人ごみの中へまぎれこみ、あとを見ずに馬喰町のほうへ曲がってしまった。

ふしぎなものである。横町を一つ曲がってしまうと、どっちを見てももうあかの他人の顔ばかりで、ついそこではでなけんかを買ってきたとはだれも知らないから、いなか者の喜太郎のほうなど振りかえっていく者もない。

――なるほど、江戸というところは広いもんだ。

当然のことながら、喜太郎はすっかり感心してしまった。この分なら、自分さえおとなしくしていれば、だれにも凶状持ちだなどとは知れずに住んでいけるかもしれない。

「あれえ、よけいなけんかなんかするんじゃなかったな」

ふっと気がついて苦笑が出る。けんかはよそうと思っていながら、はじめて江戸の土を踏んだきょう、もうさっそくけんかをやっている。これはいったいどういうことだろうと、我ながらおどろ木桃の木さんしょの木である。

「そうだ、もうこんりんざいけんかはよすべ。おれは堅気で身を立てるために、江戸へ出てきたんだからな。ならぬかんにんするがかんにんだ」

喜太郎は歩きながら、自分にいって聞かせた。よく考えてみると、今だってあんな化け物を相手に、なにも自分からけんかを買って出なくてもよかったのである。ならぬかんにんどころか、今のは自分の物好きで、あの化け物があんまりぶどいから、ちょいとからかってみたくなったのだ。まったくおせっかいな性分である。

たとえば、あの化け物が、ただ足にかかった水一杯のことで桐生屋から五両ゆすっていったところで、悪どいにはちがいないが、そのために桐生屋がつぶれてしまうほどの問題じゃない。

一方からいえば、そんな悪どい化け物を退治するために、江戸には南北の奉行《ぶぎょう》所《しょ》というものがあるので、どっちから考えても自分などの出る幕じゃなかった。

「これからは気をつけます。どうかかんべんしてくだせえまし」

喜太郎はぺこりと頭をさげた。生まれ故郷の銚子を二十で飛び出して、もう足かけ五年会わないおやじさまの顔が、胸の中でじっとせがれのバカを嘆いているように思えたからである。

向こうから、小走りに駆け出してきた、下女ふうの若いたすきがけの女が、いきなり前で知らない男に頭をさげられたので、びっくりしたように立ち止まった。

「あれえ、悪いことしたたな」

「なんかご用ですか」

「いいえ、べつに用があったわけじゃねえですが、――ああ、そうそう、馬喰町二丁目の恵比寿屋っていう旅籠屋を、ねえさんは知らねえでしょうか。知っていたら教えてください」

ついでだから喜太郎はきいてみた。

「恵比寿屋さんなら、この家ですけど」

下女が変な顔をして、前の大きな二階建ての家を指さす。しかも、ちょうどそこが入り口で、上旅籠恵比寿屋という掛け行灯《あんどん》も出ているし、風にはためいている紺ののれんにも屋号が白く染め抜いてある。

「なあんだ。どうもありがとう。おれはいなか者で字が読めねえもんだから」

まの悪いことおびただしい。下女は、くすりとわらいながら、おじぎをして駆けぬけていく。

かんにん袋

「ごめんなせえまし」

油障子をあけて、土間へはいり、曇り日だから薄暗い帳場のほうへ声をかけると、

「へえ」

いそいで中年の番頭が上がりかまちへ出てきた。じろりとこっちの身なりを見て、これはうちへ来るような客ではないと鑑定したのだろう、お早いお着きさまでとはいわずに、

「なんぞ、ご用ですか」

と、冷淡な顔になった。

「お宅は恵比寿屋金兵衛さん、宿屋さんですね」

むっとしたから、喜太郎はわざときいてやった。

「そうですよ」

「おれはいなかから出てきたんで、見てのとおりわらじをはいているだろう。しばらく逗留《とうりゅう》させてもらいたいんだがね」

「これはどうもお見それいたしました。せっかくのお客さままでございますが、あいにくきょうはへやがみんなふさがっていますんで、まことに申しわけござんせん」

この野郎と思ったが、ふと、ならぬかんにんのことを思い出した。

「ちょっと待ってくださいよ」

喜太郎は左の手のひらをひろげて、右の指でかんにんと書き、それをひょいと口へ持っていってのみこんだ。

「どうかしましたか」

番頭が妙な顔をしてきく。

「いいえね、いまかんにんの丸薬をのんだんです」

「かんにん――」

「そうですよ。ならぬかんにんするがかんにんといってね、おれはこの江戸へ大望があって出てきた男です。たとえ人にどんな失礼なあつかいをうけても、人間すぐに腹をたてるようではろくなものにはなれない。だからきょうはわらってここを出て、ほかの宿屋さんをさがしますがね、正直なところ、番頭さん、おれの風体《ふうてい》はそんなに怪《あや》しく見えるかね」

「とんでもない、けっしてそんなわけではございませんので――」

「いや、言いわけなんかしてもらわなくてもいいんだ。番頭さんは稼業がら人を見なれている。ただ身なりが悪いから上旅籠の客じゃないと見られたのなら、ほかに宿屋はたくさんあるからかまわないが、目つきが悪いとか、あいつは人相がよくないとか、もしそれだとどこへ行っても宿はとれない。そで振りあうも多生《たしょう》の縁、せっかく口まできいたんだから、教えてもらいたいと思ってね」

喜太郎はもうにっこりわらって、腹の虫はちゃんとかんにんの袋の中へ押しこんでいた。

「いいえ、お人がらがどうのこうのと、そんな失礼な、――あいにく、へやがすっかりふさがっていますんで、なんともあいすみませんですが」

しきりにもみ手をしながら、番頭は少しもまじめに相手になろうとはしない。つまり、親切心がちっともないのだ。

「わかりました。けっして泊めてくれとはいいません。いずれこんどは台所口のほうからおうかがいしますが、一言ご主人金兵衛さんに取り次いでおいてください。灘屋喜兵衛のせがれで、喜太郎というものが、故郷のたよりが聞きたくて、たずねてきた。こういってもらえばたぶんわかりますから。――どうもおじゃましました」

そのままふらりと恵比寿屋を出て、バカにしてやがるとは思ったが、もうあんまり腹はたたなかった。

――さて、どうするかな。

これからすぐ兼田へ行っても、まだ一刻《いっとき》とはたっていないから、おやじさまは帰っていないかもしれぬ。するとまたあの強情っぱりのお品と口げんかになって、追い出されるにきまっているし、そうだ、まだ昼飯を食っていなかった、どこかで飯を食いながらゆっくり考えるとしようと、馬喰町通りをいそぎ足で広小路のほうへ出ようとすると、さっと足もとへ水が飛んできた。なわのれんの前で後ろ向きになってほこりっぽい往来へ水をうっていた女が、いきなりくるりとこっちへ向きを変えたのだ。

「わあっ」

あわてて横っ飛びにはねたが、足の水はよけきれない。

「あら、ごめんなさい」

びっくりして棒立ちになったのは、さっきの紅だすきがけの若い下女だった。

「やあ、おまえさんか。なあに、いいんだよ。ねえさんのおしりばかりに見とれて歩いていたおれのほうがまぬけだったのさ」

ひっかけられた水を五両にしようと悪たれていたお相撲勝と、ついさっきばかばかしいけんかをしてきたところだけに、喜太郎はなんだか皮肉を感じる。

「ほんとにすみません。冷たいでしょう」

「こんなもの、すぐかわくよ。ねえさんとこは飲み屋さんかね」

「そうです」

「飯も食わせてくれるか」

「ご飯もあります」

「じゃ、ついでだから腹をこしらえていくべ」

「ありがとうございます」

女は如才《じょさい》なくおじぎをして、すぐに店へ案内してくれた。

土間はあまり広くはないが、繁盛《はんじょう》する店とみえて、どの台も客が目白押しに並び、おもいおもいに酒をのむ者、飯を食う者、なわのれんだから、客種はたいてい中以下で、掛け取りの番頭、職人、小商人のたぐいが多く、節季でからだは忙しいが、あんまり寒いからちょいと腹へ焼きを入れていこうという連中なのだろう。

――たまげたもんだなあ、江戸というところは、どこへ行っても、人間がいわしのようにうじょうじょしている。

喜太郎はまたここでも感心させられて、ここがあいてますからと、女が教えてくれたあきだるへ、小さくなって腰をおろした。

はじめはみんなに顔を見られているような気がして、なんとなくおちつけなかったが、ちょうしがきて、さかながきて、飲みながらそれとなくあたりをながめると、だれも人のことなど見ているのんき者はひとりもいないことに気がついた。連れがあればその連れと、ひとりはひとりで、みんな自分の前だけが自分の家のように、少しも他人に気がねなく酒をたのしんでいる。

中にはおせっかいなのがいて、両隣へ自分のちょうしで酌《しゃく》をして話しかける者はあっても、一軒おいた隣までは手がのびない。

そして、これだけの人間がかってにしゃべるのだから、がやがやとにぎやかなことはすこぶるにぎやかだが、一つ一つの話し声は気にならないし、耳へもはいらない。

入りかわり、立ちかわりするそれらの客を受け持って、飯場へ注文を通したり、できあがったものを客のところへ運んだり、勘定からあとかたづけまで店のいっさいをとり仕切って、まるでこまねずみのように働いているのは、さっきの女を年がしらにして、みんな十五からせいぜい七どまりの少女ばかり、それもたった三、四人でやっているようだ。

——あれで、勘定なんかめったにまちがいもしないんだろうから、慣れってものは、こわいみたいなもんだ。

ひとりで感心していると、さっきの女が注文もしないのに、黙って新しいちょうしとさかなを置いていく。水をひっかけたわびというやつだろう。

「すまないね」

べつにただもらう気はないが、その心がうれしいから礼をいうと、ふりかえって、目でにっとわらっていく。

すきっ腹のせいもあったが、喜太郎はあたたかい気持ちで、なんとなく陶然《とうぜん》となってきた。

「——あの年で男を知らねえなんて、そいつはちょいとうなずきにくいな」

「ところがよう、お品にかぎって、どうもまだ生娘《きむすめ》らしいんだ」

ふっとそんな声が耳についたので、喜太郎は聞くともなく右隣へ耳をひかれる。

「たしか九だろう。二十だったかな」

「九だよ。もっとも、あと三、四日で二十だがね」

そう答えたのは、着物の上から印ばんてんをひっかけた船頭ふうの隣の男だ。

「ふ、ふ、よくそれまで虫がつかなかったもんだな」

にやりと、いやらしいわらいをうかべたのは、三十がらみの縞物《しまもの》の対を着た苦み走った男っぷりで、どこか大店《おおだな》の番頭といった身なりだが、この野郎には暗い肩書きがあると、そこはほうぼうの賭場《とば》を歩いてたくさん人間を見なれてきている喜太郎には、なんとなく勘でわかる。ふたりの前にはもう五、六本のちょうしが並んでいた。

「あれでなかなか勝ち気だからな。変なうわさがたつのがこわいんだろ」

「まあいいやな。一度や二度うわきがあったって、悪いひもさえついていなけりゃ見っけものさ」

「そいつはだいじょうぶだ。兄貴の島吉はちょっとすごい男だったが、けんか凶状で土地を売ったんだから、当分江戸へは帰ってこられねえ」

「そうだってな。相手は深川《ふかがわ》の鉄五郎《てつごろう》の身内だっていうじゃねえか」

「うむ。洲崎《すさき》の賭場で、半助《はんすけ》、松蔵《まつぞう》、音八《おとはち》、三人ともちょいとした顔の兄哥株《あにいかぶ》だったんだが、相手が島吉じゃしようがねえ。きのどくなのは兼田のおやじさんさ。鉄五郎から島吉に百両の貸しがあると因縁をつけられて、二年がかりで五十両は払ったが、あとにまだ五十両残ってるってわけだ」

「いいか、亀《かめ》、こっちはしたく金が五十両だ、大店の番頭で、いまは店のてまえ、晴れて女房にするわけにはいかないが、そのうちにきっと夫婦になる。それまで毎月の手当が三両、いまの家じゃ近所のてまえいやだっていうんなら、別に一軒持たせてやってもいいんだ。筋書きはわかったろうな」

「わかってるよ。なあに、恨《うら》みのある鉄五郎のめかけにされるより、兄貴のほうがましさ」

「勝ち気な娘ならなおさらのことだ。うまくしたてから出て、おやじの苦労をかせに泣き落とすのよ。うまくいったら、今夜てめえの船で連れ出して、浦安《うらやす》で会おう。五十両用意して待っている」

「ふ、ふ、五十両であの娘が身請けできりゃ、兄貴、七十五日生きのびるだけでももうけものだぜ」

喜太郎は二本めのちょうしを半分ほど残して、ふたりに気づかれないように、そっと立ち上がった。びっくりしているさっきの小女を目で呼んで外へ出て、

「急に用を思い出しちまったんだ。飯はあとでまたきっと食いにくるから、これ預かっといてもらうべ」

「こんなにたくさん、だめだわ、にいさん」

「ねえさんの名、なんていうんかな」

「お咲《さき》っていいます」

「お咲ちゃんだね。おぼえたよ。おれは喜太郎っていういなかっぺだ。またくるからね」

にっとわらって見せて、もうさっさと歩きだす喜太郎だ。

「じゃ、にいさん、待ってますよ」

「おうい」

振りかえって、喜太郎はよく働く小娘に手をふってやる。

おやじさま

──ちくしょう、えらいことになったぞ。

両国広小路を柳橋のほうへ突っ切りながら、喜太郎はまずかんにんと書いた手のひらの字を、いそいで口へのみこんだ。そうでもしなければ、あのふたりを待ち伏せして半殺しのめにあわせ、深川の鉄五郎というやつのところへは、切り込みをかけてやらなければ胸がおさまりそうもない。

──ならぬかんにんだぞ、喜太さん。

もう一度喜太郎はかんにんを丸のみにした。

いちいち悪いやつに腹をたててけんかをしていた日には、せっかく出てきた江戸にも、一日だっていられそうもなくなる。金ですむことは金ですますことだ。

──まにあってよかった。

一方ではその感も深い喜太郎である。もう二、三日でも来ようがおそいと、お品もおやじさまもとんだ不幸なめにあわされなければならなかった。さいわい島吉の五十両がここで役にたちそうなのは、死んだ島吉の魂がせめて最後の親孝行をしようと思って、おれのからだを使ったにちがいない。

──いいとも、きっと引きうけたぜ、兄貴。

喜太郎は旅の空で、江戸の肉親の上を思いながら、おれはちっともみじめじゃねえ、毎日がおもしろおかしかった、とやせがまんをして、さびしく息を引きとっていった島吉の顔を思い出して、なんとなく目がうるんでくる。

自分の短気からとはいいながら、生まれた土地を売って、いくら会いたくても親にも兄弟にも会えない境涯《きょうがい》が、なんで毎日おもしろおかしくなんかあるものか。自分がそうだから、喜太郎はいっそうそれが身にしみるのである。

それにしても、あの番頭ふうをした悪党は何者なんだろう。洗ってみれば、ぬすっとかきんちゃく切りか。人のたいせつな娘を金でおもちゃにしようとしやがる、ちくしょうめ、ただじゃすまねえからそう思えと、またとてもむかむかしながら、喜太郎はもう一度あわてて手のひらのかんにんを飲みこむ。

同朋町《どうほうちょう》を突っ切って柳橋をわたり、川っぷちを左へ切れると、すぐそこに兼田の掛けあんどんが目についた。寒い間じゅうはほとんどひまな船宿稼業である。

「ごめんくだせえまし」

喜太郎はさっきのことがあるから、静かに油障子をあけて土間へはいり、足《そく》で立って、ていねいにおじぎをした。こんどは、たとえまだおやじさまが帰っていなくても、帰るまで待たせてもらう気だから、なるべくお品と口げんかはしたくない。

「あら、きたわよ。おとっつぁん」

そういうお品の小声はたしかに耳についた。

薄暗い炉ばたのほうへ目をやると、お品はそっぽを向いているが、その前にすわっていた島吉をひとまわり小さくしたような年寄りが、じろりとこっちを見ていた。たしかに、おやじの磯吉《いそきち》にちがいない。

「お寒いこってごぜえます」

喜太郎はひと足上がりかまちのほうへ進んだ。

「おいでなさい。冬は寒いほうがけっこうだね」

おや、これはたいへんだ。島吉の負けずぎらいも、お品の強情も、じつはこのおやじゆずりなのかもしれない。

「へえ、これで雪が降ると、なお豊年でごぜえます」

これさえいわないと、喜太郎はもっといい男なのだが、

「うれしいあいさつだね。おまえさん、さっき娘に行儀を教えていってくれたそうだが、ありがとうよ」

「どういたしまして。ほんの手みやげがわりでございます」

「若いのにいい心がけだ。名まえも聞かずに帰したというんでね、それじゃるすの役にたたねえと、いま小言をいっていたところさ。おまえさんもおまえさんだ。いくら口げんかはしても、わざわざ遠方からたずねてきなすったのはわしに用があってのことなんだから、名まえぐらいはいっていきなさるがいい。それでないと、あとで年寄りが、だれなんだろうと、顔を見るまで気をもまなくちゃならない」

ああ、そうだったと思い、

「気がつかねえことをしたです。これからはよく気をつけます、かんべんしてくだせえまし」

と、すなおに頭をさげた。

「それで、わしはここのあるじで磯吉っておやじだが、おまえさんはどなたさんだね」

「申しおくれました。わしは奥州《おうしゅう》塩釜からきた喜太郎という者で、お宅のむすこさんとはしばらくの間兄弟のようにしてもらっていました。その島吉さんからたのまれて、おやじさまにことづてを持ってきた者でございます」

「ふうむ」

一瞬さっと磯吉の目が輝いたが、さすがにあわてた姿は見せず、

「それはどうも、わざわざ遠いところをありがとう。とにかく、上がっておくんなさい。お品、お客人にすすぎをお取りしてな」

と、娘のほうへいいつける。

「あい」

そそくさと立ち上がったお品の白いほおが、たちまち桜色になって、もう目をうるませている。肉親の情の厚いのを目に見せられたようで、

――いけねえ、こりゃつらい使いになってしまった。

と、喜太郎は急に胸が重くなってきた。

形見の金

すすぎを取って、炉ばたへ招じられた喜太郎は、着物のすそをおろして、きちんと磯吉老人の前へすわった。網元の若だんなだから、それだけの行儀はしつけられている。

「ただいまは失礼いたしました。わし、いまいったとおり、こちらの島吉さんと旅先で兄弟分になった喜太郎という者ですが、あんまりいいたよりを持ってきたんではありません」

いいにくいが、いわずにすむことではないから、喜太郎はすぐに切り出した。

「どうせ勘当《かんどう》した野郎だ、いいたよりが聞けようとは思いませんよ、遠慮なくずばりといってもらいましょう」

おやじさまはそのひとことでもう覚悟したらしく、きゅっと口をへの字に結んで、気まぎらせにキセルを取り上げる。

わきへきて茶を入れているお品の白い手が、なんとなくふるえているようだ。

――こんなつらい役とは思わなかった。

喜太郎はなるべく父と娘の顔を見ないようにして、懐紙を畳へ敷き、胴巻きの中から二十五両包みを二つ出して、ずしりとそれを並べ、もう一品、戒名を書いた紙にくるんできた島吉の髪の毛を出して、それに添えた。

静かに合掌《がっしょう》してから、

「いまわけをお話ししますが、これが島吉兄貴の形見の品です」

と、磯吉の前へ少し押しやる。

「すると、野郎は死んだんだね」

おやじさまはじろりと形見の品に目をやっただけで、手に取ろうとはせず、冷淡にさえ聞こえるような声でいった。

「はい。先月、十一月十七日の明けがたでした」

あっとお品が顔をあげ、それから気がついて、こぼれた茶をいそいで手ぬぐいでふいた。

「どうせ畳の上では死ねねえ野郎だ」

「奥州の仙台在塩釜に、湊屋《みなとや》酉五郎という網元で親分がおります」

喜太郎はかまわず話しだした。

「わしがそこでやっかいになっているところへ、この春、島吉兄貴がわらじをぬぐようになりまして、だんだん話し合ってみると、すまねえことですが、おなじような親不孝者なんで、仲よくなりました。兄貴は江戸っ子で、負け惜しみは強いが、さっぱりしているんで、親分からもかわいがられましたし、身内の者からも兄貴兄貴と立てられていました。この夏、石巻の佐助という親分が、旅人をまじえた十三人で、酉五郎親分の家へふいに切り込みをかけたことがあります。そのとき兄貴はすばらしい働きをして、かすり傷一つ負わず、敵方を追い散らして、酉五郎親分へは一宿一飯《いっしゅくいっぱん》の恩返しはりっぱにすみました」

じつは、島吉は二、三ヵ所勇ましい手傷をうけて、医者の世話になっていたが、すばらしい働きを見せたことにはまちがいないから、無傷ということにいっておく。

「それが先月、ふっとかぜをひいたのがもとで、ひどい熱が二、三日どうしてもさがりません。親分も心配して、医者にも見せたんですが、やっぱり寿命だったんですね。死ぬまえの日の明けがた、喜太、おれはだめそうだぜ、というんです。つまらねえことをいいなさんな、水でものむかといって、急須の水を持っていってやると、うまそうに二口三口のんで、ぼんやり天井をながめている。苦しいのかときくと、なあに、おやじの夢をみていたんだ。江戸を飛び出して、足かけ三年、さんざ親には不孝なまねをしたが、おれはてめえで好きかってなことをやってきたんだ。ここで死んでも心残りはなんにもない。おれは胴巻きの中に、五十両だけ別にしてある。いつかは江戸へ帰れるときもあるだろうと思って、そのときのみやげにするつもりだったんだ。おれが死んだらな、喜太、すまねえが、その五十両を江戸のおやじさまにとどけて、島吉は親不孝なやつだったが、自分ではおもしろおかしく毎日を暮らして、わらって寿命を終わった、ふしあわせだなんて、一日も考えたことはない。おとっつぁんにもお品にも、どうか嘆かねえでくれと――」

わっとお品がそこへ泣き伏すのを見ると、喜太郎はぽろぽろ涙がこぼれてきて、どうにもそのあとがつづかなくなってしまった。男がみっともねえと、奥歯をくいしばって、むりに涙をのみこむ。

磯吉が両方の目を片手なぐりにして、やけにぽんとキセルを炉ばたでたたいていた。

「遺言なら早いぜ、兄貴。そうか、もし早かったら忘れてくんな。ひょっとほんとうになったら、たのむよ、喜太。妹がしっかりしているから安心だが、おやじさまはきっとおれのことばかり心配している、ほんとうに親不孝ばかりしちまった、申しわけないと、これがやっぱり兄貴の遺言になって、翌日の明けがた息を引き取りました。なきがらは親分酉五郎が手厚く自分の菩提寺へ葬ってくれましたんで、兄貴の三七忌をすませると、わしはすぐにわらじをはきました。湊屋酉五郎からもくれぐれもよろしくとのことで、これが預かってまいった香典です。お納めなすってくだせえまし」

喜太郎は別の一包みを出して、さっきの分と並べた。

「喜太さん、ありがとうよ。おまえさんの親切、このとおりだ」

負け惜しみの磯吉が、さすがに負け惜しみを捨てて、心からそこへ両手をついた。

「どういたしまして。うれしいたよりでなくて、すみません」

「お品――」

おやじは形見の品へ合掌してから、まだそこへ突っ伏している娘を呼び、

「泣くんじゃねえ。泣いたってしようがあるものか。仏壇におあかしをあげてな、島吉をおふくろのところへ並べてやんな」

そういつけてから、しゃっきりと立ち上がった。土間へおりて表へ出ていく。ああそうかと思っているうちに、はたして表から松飾りを倒しているけはいが聞こえてきた。

「喜太郎さん、そんなご用だったとはちっとも知らないもんですから、さっきはほんとうにすみませんでした。許してくださいまし」

お品が目をまっかにしながら、しおらしく両手をつく。

「なあに、あれはおれのほうが意地が悪かったんだから」

あやまられてみると、ちょいとすまない気になる喜太郎だ。

「にいさんは、こんな姿になっちまって」

お品はまたしてもすすりあげながら、懐紙ごと島吉の遺髪を取りあげ、抱くようにして次の間の仏壇へ運んでいく。

――よかったなあ、兄貴。

やっと島吉も家へ帰って、肉親の手で家の仏壇へ納まった、そこにはおふくろが待っていたんだと思うと、喜太郎もまた涙がこぼれそうになる。

ばくちうちぎらい

「なあ、喜太さん、おれはなにもせがれが憎くて勘当《かんどう》したんじゃねえ。まして、仏《ほとけ》になっちまえば、勘当もへちまもあるもんか。けどもよう、世間さまへはそれじゃ通らない。たとえ相手のほうが悪くても、人を二、三人もたたっ切って、世間さまを騒がしているんだ。大っぴらに親の手で通夜《つや》、葬式を出してやるわけにもいかねえじゃねえか。今夜はこっそり家じゅうで通夜のつもりにして、野郎も久しぶりで帰ってきたんだ、しばらく家にもいてえだろうから、年が明けて、世間で松でも取れたら、娘とふたりで寺へ送ってやろう。おまえさんは野郎の死に水を取ってくれた縁の深い人だ。何度礼をいってもいい足りねえ。どうか、きょうはそのつもりで、ゆっくりのんでいってください」

席をかえて、茶の間の仏壇の前で、喜太郎は酒を出されたが、少しも酔えなかった。いや、酔わないように杯を控えめにしていたのだ。

「喜太さん、おまえさんはどこの生まれだね」

「銚子の船頭の子です」

「せがれとおなじ身の上だと、さっき聞いたが、やっぱり手なぐさみが好きで、ばくちうちとけんかをしたんかね」

「お恥ずかしゅうごぜえます」

「両親はあんなさるんかね」

「おやじさまと弟がひとりあります」

「やれやれ、親不孝なこった。おれはばくちうちは大きらいでね、島の野郎だって、ばくちうちで帰ってきたんなら、こんりんざい家の敷居はまたがせなかったんだ。こんなわけだから、いくらおまえさんがほかならぬ男でも、ばくちうちの間は家へ泊めてあげるわけにはいかない。がんこのようだが、これだけは断わっておきますよ」

「そんな失礼な、おとっつぁん」

そばにいたお品がはらはらして、

「なにも喜太郎さんが、今もばくちうちだかどうだかわからないのに」

と、とりなすようにいう。

「お品、女は黙っていな。おまえだって、ばくちうちなんかを亭主にすると、おとっつぁんは家へおかねえ。ついでだからいっておくんだ。喜太さん、当てこすりじゃねえよ。おれは島吉のようなせがれを持って、さんざんきょうまで苦労してきた。いっそ憎けりゃこんなにも苦労はしねえ。不具の子ほどなおかわいいのたとえで、一日だってせがれのことは忘れた日はなかった。どこにどうしているか、病みわずらいでもしていやあしねえかと、親バカさ、自分がかぜ一つひいても、すぐ島吉のことを思い出す。銚子にいなさる喜太さんの親ごさんだって、きっとそのとおりだ。考えると、おれは人のことでも胸が痛くなる。なあ、喜太さん、堅気《かたぎ》の相談なら、おれはあすの日にでも裸になるよ、かわいいせがれの死に水を取ってくれたおまえさんのことだ、いってみればせがれも同然さ。だが、ばくちうちでいる間はお断わりだ。きょうはまあ特別だが、そう思ってもらいますよ」

「ご意見、身にしみるです」

少しも歯にきぬを着せないことばが、銚子に三年余り会わないおやじさまを持っている身だけに、じいんと胸へこたえる喜太郎だ。

むろん、喜太郎は塩釜の湊屋へわらじをぬいだときから、賭場《とば》の足は洗っていた。こんども江戸では堅気で身を立てる腹で出てきている。が、それはここでは口にしないことにした。いつかはわかることだし、なるべく人のやっかいになりたくない根性っ骨を喜太郎は持っていた。

「そうはいってもな、喜太郎さん、きょうは特別だ。せがれも久しぶりで家へ帰ってきて、さぞうれしいだろう。ゆっくりのんでいっておくれ」

磯吉は、特別だ、特別だといって酌《しゃく》をして、自分もぐいぐいのみ、とうとうそこへ酔いつぶれてしまった。

「おやじさま、そんなところへごろ寝しちゃ、かぜをひくです」

「なあに、きょうは特別さ。酔ったんじゃねえ、ちょいとくたびれたんだ。すぐ起きるから、今夜はせがれの通夜じゃねえか」

そういっているうちに、もういびきをかきだしたので、喜太郎はそれをしおに、お品に目くばせして、そっと店へ立った。

短日《みじかび》はすでにあかりがほしいほどに夕暮れている。炉ばたへすわると、炭火があかあかと目にしみた。

父親にかいまきをかけて出てきたお品が、

「おとっつぁん、きょうは変なことばかりいって、気を悪くしないでくださいね」

と、いそいでわびていた。

「気なんか悪くしねえです。おやじさまの気持ちはよくわかっている」

「それなら安心だけど——」

「おれ、けっしてお品ちゃんには色目つかわねえから、安心してくだせえよ」

つい冗談口が出た。はっとお品が顔をあげて、夕やみの中にこの娘はほんとうの美人だなと、喜太郎がわらっていると、

「あたしもばくちうちは大きらい」

と、急に意地の強い顔になる。

「ああ、そのばくちうちで思い出したが、兄貴は深川の鉄五郎とかいうばくちうちに百両の借金があって、それをおやじさまが二年がかりで返しているってほんとうかね」

「あら、じゃにいさん、ほんとうに鉄五郎から百両借りたっていってましたか」

「いや、兄貴から聞いたんじゃない。きょう変なところで耳にしたんで、きいてみたんです」

「鉄五郎がそんないいがかりをつけてきて、おとっつぁんが二年越し苦労しているのはほんとうです。にいさんは鉄五郎の子分を三人切っている、その香典だと

思えばいいって、おとっつぁんがいってますけど、ほんとうの気持ちは、鉄五郎のきげんを損じて事が荒だち、にいさんを凶状《きょうじょう》持ちにしたくない、凶状持ちの名さえつかなければ、いつかもう一度にいさんを家へ呼びかえせると、おとっつぁんはそれだけをたのしみに、向こうのいいなりになっていたんです」

「そうだろうねえ」

「今となっては、そのおとっつぁんの苦労も、みんなむだになっちまったわ——だから、だからあたし、ばくちうちは大きらい」

お品は涙声になって、いそいでたもとで目をふいた。

「どうもあいすみません」

喜太郎はぺこりと一つ頭をさげて、

「まだその兄貴の借金が五十両残っているんだってね」

と、なにげない調子だ。

「あした、あさって、三十日の暮れ六つという約束なので、おとっつぁんはこの店を売ってしまおうかと考えていたようです」

「兄貴の五十両がまにあってよかったなあ。せめてもの親孝行ができて、兄貴もきっとうれしいだろう」

「おとっつぁんはどう考えているかしれないけど、あたしはいやです。にいさんが生きていればともかく、もう死んじまったんだもの。返した分の五十両まで返せとはいいませんけれど、そんなうその借金、もう払いたくありません。切られた三人だって、にいさんがその晩目と出たとかで、その金ほしさに途中で待ち伏せしていたというんですもの。こっちはちっとも悪くないんだわ」

お品はきれいな目をぎらぎらさせながら、きかない顔をする。もしそれが男だったら、やっぱり島吉に負けないいきかんぼうになっていたかもしれぬ。

「それ聞いて、安心しました」

「あら、なにが安心なの」

「ねえさん、兄貴よりしっかりしているようだから、まさか鉄五郎なんかに負けて、おめかけにされることもあるまいと思ってね」

「だれが、だれがあんなやつの――にいさんのかたきじゃありませんか」

ぷっとふくれてみせた顔が一段とあざやかなのだから、よくまあ男がこの年まで生娘《きむすめ》でおいておいたものだと、喜太郎はさっきの男のようなことを考え、我ながら苦笑させられた。

「さあ、ばくちうちはこれでおいとましますべ。ごちそうさまになりました」

喜太郎は改めてそこへ両手をついた。

「あら、あたしどうしよう」

はっと中腰になって、父親のことばもあるてまえ、どう引きとめようもないような お品だ。

「なあに、心配しないでもらいますべ。おやじさまが目がさめたら、喜太がよろしくいって帰ったと、耳に入れといてくだせえまし」

上がりかまちへ出て、手早くわらじをはきながら、喜太郎の声は軽い。

「これからどこへお帰りになるんです」

「おちつけたら、当分江戸でおちついてみたいと思っているが、さあ、どんなことになるものやら」

「もう一度きっとたずねてきてくださいね。にいさんの話ももっとうかがいたいし」

「うまく堅気になれたら、また敷居をまたがせてもらいますべ。おじゃましました」

「ほんとうに待っていますよ、喜太郎さん」

申しわけなさそうなお品の顔へおじぎをして、喜太郎はたそがれの表へ出た。

兼田の前だけ松飾りがとれて、その松がどこにも見えないのは、磯吉が前の神田川《かんだがわ》へでも投げこんでしまったのだろう。思ったよりつらい役だったが、これでどうやら一役すんだと思うと、喜太郎はほっとした気持ちだ。

飯屋で耳にした悪船頭の亀というやつのことは、きいてみもしなかったし、話してもこなかったが、おやじも娘もしっかり者ぞろいだし、とにかく五十両という金ができたのだから、もうそんな悪党のつけこむすきはなかろうと、喜太郎はわざと口にしなかったのだ。一つには、あんまりよけいなことにまで立ち入って、おためごかしに親切にすると、痛くもない腹をさぐられるのは、娘がずばぬけた器量だけにいやだったからである。

——はてな。

川っ風の寒い柳橋へかかって、同朋町のほうから足早に橋をわたってくるのは、着物の上から印ばんてんをひっかけたさっきの亀という野郎だ。

亀野郎はなにか鼻歌をうたいながら、こっちの顔には少しも見おぼえがないらしく、すれ違って、とっとと兼田のほうへ曲がっていく。どこへはいるだろうと見ていると、ためらいもせずいま喜太郎の出てきたばかりの油障子をあけて、兼田へはいっていった。やっぱり、そこの船頭だったのだ。

——お品ちゃん、だいじょうぶかな。

さすがにちょっと気にはなったが、あんな薄のろのような男の口車に、うかうかのせられるお品ではあるまいと思い直し、喜太郎はそのまま馬喰町のほうへ歩きだした。

恋というもの

喜太郎を送り出して、もう行灯《あんどん》に灯《ひ》を入れなくちゃと思いながら、お品は妙にその勢いがなく、ぼんやり炉《ろ》ばたへすわってしまった。

泊まっていらっしゃいと、喜太郎を引きとめてやれなかったのが、ひどく薄情だったような気がして、すまなくてしようがない。

——どうして、おとっつぁん、あんなことをいったのだろう。

ばくちうちがきらいなのは、よくわかっている。兄の島吉がばくちで凶状持ちになり、それからの二年深川鉄五郎にさんざんいじめ抜かれたのだ。あたしだって、ばくちうちは大きらいだ。

けれど、きょうの喜太郎さんは違う。にいさんの兄弟分だというから、ばくちうちにはちがいないかもしれないが、せっかくにいさんの遺言と形見を持って、遠いところからわざわざ、わらじをはいてきてくれたのに、一晩も泊めずに追いかえすなんて、それで人の義理がすむだろうか。

「おとっつぁん、そんな薄情なことってありますか」

お品はかげへ父親を呼んで、おこってやろうかと何度も思ったが、そうする勇気がどうしても出なかった。

はじめに来たときけんか別れをして、いなかっぺのくせに、いやにずぶとい虫の好かないやつと思った男が、二度目にきて兄の話をするのを聞き、その行きとどいたもののいいようと、父親が変な意見をしても少しもおこった顔をしない。かえって心の奥底に絶えず深い情愛を持っているようだった。なによりも、兄のことはほめても、自分の自慢はひとことも口にしなかった。りっぱな男だなあと思ってしまったのが、自分でうしろめたくて、おとっつぁんはことによると、あたしが喜太郎さんを好きになるのがこわいんじゃないかしら、と変に気をまわしたとたん、もうなんにもいえなくなってしまった。

それに、ほんとうは自分の心がこわくもあった。ちょっと、この男が好きでたまらなくなるようなことにでもなると、あたしはおとっつぁんにそむかなくてはならなくなる。にいさんでさんざん苦労をした年寄りに、あたしまで親不孝する、とてもそんなことはできない。どんなことがあっても、この男を好きになってはいけないんだと、自分で自分にいい聞かせていた。それにはなまじ引きとめないほうがいい、そんな気持ちでもあった。

「喜太さんも凶状持ちだといっていた」

因果だなあ、と思う。兄の死んだのも悲しいことはむろん悲しいが、それはもう泣けるだけ泣いてしまった。

どうしたのだろう、今になって、父親にいいたいことをいわれ、ご意見身にしみますと、神妙に涙ぐんでいた喜太郎がありありとまぶたに残って、かわいそうでたまらない気がしてくる。

二十《はたち》で故郷を出て、足かけ五年になるというから、兄とは一つ下の二十四だ。さぞ親や弟に会いたいだろうに、それが会えない。きっと、兄とおなじように、旅の空でだれかに死に水をとられて、寂しく死んでいく男なんだ。

「一晩でも泊めてやって、親がわり、弟がわりに、やさしくなぐさめてやったら、どんなによろこんだろうに」

なんだか、あきらめきれない。元気よく出てはいった。だが、それは男の負け惜しみで、胸の中では今ごろ、薄情な親子だったとうらみながら、この寒空の下をしょんぼり歩いているのではなかろうか。身なりもあまりよくはなかったし、金は持っているんだろうか。

「おとっつぁんが悪いんだわ」

お品は泣きたいような気持ちにさえなってくる。

がらりと油障子があいた。

もしや引きかえしてきたのでは——、と思わず中腰になると、船頭の亀吉《かめきち》が帰ってきたのだった。

「お品さん、たいへんだぜ。うちの門松が盗まれてらあ」

バカ野郎と、つい腹がたって、

「いいんだよ。おとっつぁんがきっと捨てたんだろう」

と、相手になるのもものうい。

「捨てた——、じゃ、正月をしねえ気か」

「ああ、正月はしないよ」

「そうか。じゃ、お品さんいよいよ夜逃げかえ」

すっと炉ばたへよってきて声を落とすのだ。

「おお、お酒くさい。いやだなあ」

いそいでそでで鼻をおおって、おおげさに顔をしかめてやったが、

「おやじさん、やっぱり金ができねえのか」

と、亀吉はいよいよ声をひそめてすわりこむのだ。

ああ、その夜逃げとまちがえたのかと気がつき、お品はあきれかえってしまった。

「どうだろうな、お品さん、おれにちょいとした話があるんだけどな」

「どんな話さ」

「おこりっこなしだぜ。こういっちゃなんだけどよう、おれもこのあいだじゅうから内々心配していたんだ。このみそかまでに五十両できなければ、店じまいをするか、お品さんが深川の野郎の人質に取られるか、二つに一つだ。店じまいだなんて、親孝行のお品さんにできるはずはなかろう。すると、やっぱり人質のほうだ。それを考えると、おれは腹がたってしようがねえ。おれだって、ここんちへやっかいになって、三年にもなるんだからな。なんとか恩返しができねえもの

か、苦労にしていたのよ。すると、ちょいとうまい話にぶつかってしまったんだ。ほんとうだぜ、お品さん」

「心にかけてくれて、ありがとうよ、亀吉さん。その話、あとでおとっつぁんとふたりのところで聞かしてもらうから、とにかく行灯に灯を入れておくれな」

「へえ」

　亀吉はぽかんとお品の顔をながめて、

「灯は入れるがね、話ってのは、おやじさんの前じゃちょいといいにくいことなんだ」

　と、あっさりしっぽを出してしまったようなものである。

「そうね。おとっつぁんの前でいえないような話じゃ、あたしが聞いたってしようがないんじゃないかしら」

「そ、そんなことはねえ。お品ちゃんの返事一つで、今夜にも右から左へ、ちゃんと五十両手にはいる、たしかな話なんだ」

「どうもありがとう。とにかく、灯をつけておくれな。せっかくの話が、こう暗くちゃ見えないからね」

「そうでござんすかね」

まだひやかされているんだとは気がつかないらしく、妙な顔をして立ち渋っている亀吉だ。

「お品、——お品」

奥で磯吉の呼ぶ声がする。

「あ、いけねえ。今の話は、おやじさんにはないしょだぜ、お品さん」

亀吉は首をすくめて、あわてて立ち上がった。

雪

行灯をつけて奥へ行ってみると、磯吉はさっきのところへ起き上がって、しょんぼりとなにか考えこんでいるようだ。

「どうかしたの、おとっつぁん」

「うむ、水を一杯くれ。お霜《しも》はまだ帰らねえのか」

「まだだけど、もう帰るでしょう」

女中はきょう家へやってくれといって、朝から出て、まだ帰らないのである。出したままの膳《ぜん》を台所へさげて、水を持ってきてやると、父親はうまそうにごくりごくりと飲み、もう酔いはおおかたさめているようだった。

「島吉は死んじまったのか。しようがねえ野郎だ」

ぽつんとつぶやきながら、急に年をとった姿である。

「愚痴《ぐち》をいったってしようがないわ。あっちでもう一杯飲みなおしたらどうね。今夜はにいさんのお通夜なんだから」

「喜太さんは帰ったのか」

思い出したようにきく。

「さっき帰ったわ」

「おこってやしなかったか」

「べつにおこってやしなかったけど、こんど堅気になれたら、また敷居をまたがせてもらいます。おとっつぁんの目がさめたらよろしくって帰りました」

「そうか。親切な、しっかり者のようだった。口のきき方も筋が通っているし、生まれがいいんだろう。島吉のことを兄貴兄貴といっていたが、どうして、あの男のほうが一枚も二枚も上さ」

「旅の空でうまがあって、年が上だから、島のほうが兄貴になったんだろう。あんな遺言が出るくらいだから、きっと親身になって死に水を取ってくれたにちがいねえ。野郎の遺言をいうとき、目にいっぱい涙をためてやがった。情人なんだな、あの喜太さんて男は」

父親はぼんやり仏壇のほうを見ながら、ぽつりぽつりという。口ではあの男のことをいいながら、その実、胸の中ではせがれのおもかげをじっと抱きしめているのだろう。

「そりゃ情人でなくちゃ、遠いところをわざわざ、にいさんの形見なんか持ってきてくれやしないわ。三七忌がすむと、すぐ立ったたっていってたもの」

お品にはその親切のほうが身にしみて、喜太郎の顔ばかりがまぶたにちらつく。これだけは口にすまいと思っていたが、

「どうして、おとっつぁん、喜太郎さんを一晩でも泊めてあげなかったの、おとっつぁんてば、ばくちうちはきらいだきらいだと、出ていけよがしのことばかしいって。——きっとあの人、胸の中では薄情な親子だとわらっていたにちがいないわ。いやだわ、あたし」

「そうかしら」

と、ついうらみ言が出てしまった。

「なあに、それでいいんだ」

「おとっつぁんは、もしや、ばくちうちのあの人を、あたしが好きになると困るって、そんなこと考えていたんじゃないの」

思いきってぶつかってみた。

「いくらおとっつぁんがばくちうちぎらいでも、それほどてまえがってじゃない。ばくちうちでも、凶状持ちでもせがれはせがれだから、島吉のことを一度だって憎いと思ったことはありゃしねえ、それとおんなじで、せがれの死に水まで取ってくれた男だ、うれしいからって、だれが毛ぎらいなんかするもんか。おとっつぁんのほうから、ぜひ泊まっていってくれって、ほんとうは何度も口まで出かかって、そのたびにおとっつぁんは、はっとそのことばを飲みこむのにほねをおっていたんだ」

「どうして、どうしてさ、おとっつぁん」

「わからねえか、お品」

「わかんないわ」

「勝ち気なようでも、女は女だな。おとっつぁんもおまえも、この年月深川の野郎にずいぶんいじめられてきた。それが喜太さんにわかってみろ。ああいう気性の男だから、一度は兄貴と立てた島吉のためにも、黙っちゃいられなかろう。おとっつぁんはそれがこわかった。万一喜太さんに凶状をかさねさせるようなことにでもなると、銚子の親ごさんや弟さんに嘆きの上の嘆きをかける。それがつらいから、おとっつぁんは深川の野郎のことは、ひとこともあの男の耳に入れなかった。せがれの兄弟分なら、おとっつぁんにもせがれ同然、なんでばくちうちをきらうもんか」

がくりとうなだれてしまう磯吉だ。

あっとお品は顔色をかえて、父親にそんな深い考えがあるとは知らず、うっかり深川の話を耳に入れてしまっている。

「どうしよう、おとっつぁん。あたし、たいへんなことをしちまった」

思わず父親のひざへすがりついていくお品だ。

「ただいま」

店でお霜の声がする、いま帰ってきたらしい。

「亀さん、とうとう雪がちらついてきたわ。おお寒い」

その亀吉はどこにいるのか、急には返事をしない。

恵比寿屋金兵衛

明けて正月三日の昼すぎ、喜太郎は改めて馬喰町の恵比寿屋金兵衛をたずねることにした。

ここへ行けば国もとの様子がわかるし、またなにかのたよりの末に、自分の無事だけは父親に知らせてもらえる。そう考えたから、喜太郎は江戸の土を踏んだその日に、恵比寿屋をたずねたのだが、表から泊まり客としてはいっていったのがまちがいのもとで、身なりがあまりぱっとしないいなかのあんちゃんとでも見たか、少しの親切げもない番頭の応対に腹をたて、名まえだけいいおいて出てきてしまった。

それからきょうまで、喜太郎は本所《ほんじょ》のほうの安旅籠《やすはたご》に泊まって、島吉のほうの用さえかたづいてしまえば、こんどは江戸でなんとか堅気で身を立てたいと思って出てきたのだから、見物かたがたそれとなく働く口を見つけて歩いていた。が、江戸にこれという身もと引き受け人は持たないし、前身をあらわれればけんか凶状があるから、なかなか思うような口はない。恵比寿屋でもたずねてみたらという気になって、きょうはふらりとそっちへ足が向いたのだ。

からりと晴れたおだやかな日で、江戸の町はまだ三ガ日のうちのこと、家ごとに門松が立ち、しし舞いの笛太鼓、三河《みかわ》万歳の鼓の音、さては鳥追い女の門づけなど、なんとなくのどかなにぎわいの中をめでたそうな顔をした人たちがうきうきと出歩いて、いっこうにめでたくないのは自分ひとりのような気がする。

――おれは旅がらすだからな、旅がらすには盆も正月もこない。ただひとりで黙って、一つ年を取るだけのことだ。

そういう旅がらすの寂しい正月を、二十で故郷を飛び出して、二十一、二十二、二十三、二十四、二十五とことしで五度むかえて、いつの間にか二十五になってしまった喜太郎である。さすがにしみじみと親兄弟のいる銚子の空がなつかしい。三つ下だから、弟の万吉《まんきち》は二十二になったはずだ。

「にいちゃん、おれ、るす中はおまえにかわって、どんなにもおとっつぁんに親孝行する。そのかわり、三年、五年とたって、ほとぼりがさめたら、おとっつぁんの目の黒いうちに、にいちゃん、きっと家へ帰ってきておくれ」

日ごろは無口で、こいつ少し薄のろじゃないのかと見ていた弟が、別れるときそんなきっぱりとした口をきいて、ぽろぽろと涙をこぼしていた。

——あいつはおれより芯《しん》じまりだから、おやじさまももう安心だろう。ひょっとすると嫁をもらって、孫ができているかもしれないな。

そんなことを考えると、なんとなく胸があたたかくなる。

「ごめんくだせえまし」

まえの失敗があるから、喜太郎はきょうは恵比寿屋の台所口のほうへまわった。夕がたのしたくにはまだ早い時刻なので、がらんとよくかたづいた広い台所には人けもなかったが、はいと答えて、女中がひとりすぐに出てきた。

「わしは暮れに一度たずねたことのある銚子の灘屋の喜太郎という者ですが、ご当家のだんなにお目にかかりたくてあがりました。おいでになるでござえましょうか」

「ちょっとお待ちくださいよ」

一度奥へひっこんだ女中が、まもなく出てきて、

「どうぞ表のほうへお回りくださいましということでございます」

という行き届いたあいさつだった。

改めて表口のほうからはいっていくと、いまの女中が待っていて奥座敷へ案内してくれた。

すぐに出てきたのは物堅そうな六十近い老人で、

「はじめてお目にかかります。てまえが恵比寿屋金兵衛ですが、――銚子の灘屋さんのご子息だそうですね」

と、親しみ深くむかえてくれた。これも国のおやじさまの徳のおかげだろうと、旅で苦労してきたから、そのくらいの分別はやっと持てるようになった喜太郎だ。

「はい、喜太郎という親不孝者でごぜえます」

「暮れには番頭がとんだ失礼をしたそうで、申しわけないことをしました。じつは、きょうみえるか、あすはたずねてきなさるかと、あれから毎日心配していたところで、よくたずねてきてくれました」

「そういわれると、なんだか面目《めんぼく》ねえです。わしのことばが足りなかったのです」

ことばが足りなかったのではなくて、ついむかっときた根性まがりが悪いと、喜太郎は自分でよく承知している。

「喜太郎さん、わしはあなたのおやじさま灘屋さんとは、稼業《かぎょう》の徳とでもいうか、十年二十年、いや、三十年からのおつきあいだ。こうなると自然稼業ばなれがしてきて、もう親戚《しんせき》も同様です。その喜兵衛さんからくれぐれもたのむといわれているから、正直にいいますが、あなたはことばが足りなかったですね。しかし、せっかく一度家へたずねてきてくれながら、あのときは番頭も悪いが、わしに会ってくれずに、さっさと出ていってしまうのはいけません。それではわしがあんまり頼まれがいのない男になります。わかってくれますかね」

こう親身に出られると、喜太郎は一言もない。

「申しわけごぜえません」

と、心からわびのことばが出た。

「いや、わかってくれればそれでいいのです。江戸にいる間はこの金兵衛が親がわりだと思って、これからはなんでも相談しなくてはいけません」

「はい。どうかよろしくお願いいたします」

そこへ五十がらみの、若いときはさぞ美人だったろうと思われる品のいいおかみさんが、屠蘇《とそ》のしたくをして出てきて、

「よくいらっしゃいました。金兵衛の家内、種《たね》といいます」

といってあいさつをした。

「喜太郎というです。これからはお世話になることと思います」

「それはおたがいさまのこと——さあ、お正月ですから、お屠蘇を一つどうぞ」

「いただきます」

喜太郎は慎《つつし》んで朱塗りの木杯をとって、酌《しゃく》をうけた。

「おっかさん、わしにもはじめてお正月がきたようです」

「おや、なぜです」

「さっきも歩きながら考えていたですが、はたちのとき故郷を出て五年、五回とも旅がらすのお正月でした。旅がらすには盆も正月もない、屠蘇一つ祝ってくれる人があるわけでなし、また一つ黙って年を取っただけだと、正直にいえば、寂しかったです」

「おきのどくにねえ。じゃ、ずっと旅から旅だったのですか」

「明けて去年までは、やけでやくざのまねをして歩いて、半年とおなじ土地におちついたことはなかったのです。去年の春、これじゃいけないと自分でも気がついて、やくざの足を洗い、それからはずっと仙台の塩釜の網元さんの家で働かせてもらっていました。こんど少し訳があって、江戸へ出てこなければならない用ができたんで、ついでにこれからは江戸で働いて、なんとか身を立てたいと思っているです」

「ずいぶん苦労したんですね」

「親不孝したばちだから、しようがないです」

その割りに少しも悪ずれのしていない喜太郎のさばさばとした顔をながめながら、

「男はこれからですからね、お国の親ごさまが安心なさるように、どうかしっかりやってくださいね」

と、お種は同情せずにはいられないようだ。

「わし、しっかりやります」

「ばあさん、うちの不孝者はまだ帰らないかえ」

金兵衛が女房にきいた。

「なんですねえ、不孝者だなんて。金五郎《きんごろう》ならまだ帰りませんよ」

「しようのないやつだな」

「でも、あなた、お正月ぐらいは——」

「そんな甘いことをいうからつけ上がるんです。あれのはお正月だけじゃない。二月も三月も四月もただふらふらと遊んで歩いてばかりいる。あんまりいい気になっていると、しまいには勘当しますからね」

「ほ、ほ、なんですか、あたしが勘当されるみたいですね」

お種は物静かにわらっていて、うけようとしない。

「喜太郎さん、家にものらむすこがひとりいましてな、金五郎といって、ことし二十三にもなるんだが、親の稼業は少しも見習おうとしないで、このおふくろが甘いもんだから、外遊びばかりしたがる。困ったやつです」

「耳が痛いです」

「そこへいくと、あなたの弟さん、万吉さんといいましたかね、あの人は感心なものです。もうちゃんと親の代理をつとめていなさる」

「それじゃ、おじさん、万吉のやつは無事でごぜえましょうか」

国の話が出たので、喜太郎は思わず居ずまいを直して、目を輝かす。

恵比寿屋金五郎

——こんなことなら、もっと早くたずねてくれればよかった。

まもなく恵比寿屋を辞した喜太郎は、しみじみとそう思ったほど、それは居ごこちのいい家であった。心からもてなしてくれるのが、金兵衛老人もおふくろさまもけっしてうわっつらばかりでなく、いうことにも実意がこもっている。

弟の万吉は、去年の秋、はじめておやじさまの代理で江戸へ出てきて、半月ばかり泊まっていったそうで、そのまえに三度ほどおやじさまも稼業のことで出てきている。そのたびに、せがれはまだこちらへ顔を出さないだろうかと、それをまっさきにきいて、いやまだみえませんと答えると、生きていてくれるものやら死んだものやらと、世にも暗い顔をしていたという。

「無事で顔を見せたと知らせてあげたら、どんなに灘屋さんよろこぶことか、顔を見るようだ。それにつけても、喜太郎さん、このうえのよろこびにはな、これで今はこんなところにまじめに働いていますと、早く書いてあげられるようになってもらいたいものだね。なんなら、これという口が見つかるまで、当分家にいてみてはどうだ。お客さまではなく、なにも修業だから、番頭で働いてもらう」

「そうしてはどうなんです、喜太郎さん」

おふくろさままでそばから口をそえてくれた。

が、あんまり親切にいわれると、うれしいにはうれしいが、もしやこの人たちに迷惑をかけるようなことがあってはと、妙にそれが不安で、よく考えてみますと断わって別れてきた。その別れぎわに、

「喜太郎さん、おまえさんが国を飛び出した年の暮れに、灘屋さんが出てきなすってな、事のいきさつはもう書面できいて知ってはいたが、改めてわしにおまえさんのことをくれぐれもたのみ、ちゃんと金まであずけていきなすった。金額のことは、わざと今ここではいいません。喜兵衛さんの心は、いつどんな姿でおまえさんが恵比寿屋へきても、その日から困らないようにというつもりなのだ。そのときもわしは灘屋さんの親心に泣かされたが、その後おまえさんがいくら待っても来なさらない。あんまり長くなっては、大金のことではあるし、わしは何度か送りかえそうとしました。なあに、恵比寿屋も男だから、あなたのせがれがいつたずねてきても、食うに困らせるようなまねはしないからと、いいそえてやりましたが、そのたびに、迷惑でももうしばらく預かっておいてくれ、どうかその金が一日も早くせがれの役にたつようにと、こっちはそればかりを神仏に祈っているという返事だった。喜太郎さん、親心のありがたさを、忘れてはいけませんよ。わかったかね。そんなわけで、今でもその金はわしが預かっています。これ

これで入用だからと、訳さえわかれば、いつでも出してあげるから、遠慮なく取りにおいでなさい」

と、打ち明けてくれた。

ありがたいことだと思う。来たときと帰るときとでは、まったく心のゆたかさが違っている。

――さあ、おれは石にかじりついても働かなくちゃなんねえぞ。

喜太郎はどっかりと大地を踏んで歩いていたが、さて、その働く口をどこに見つけたものか、それにきょうはまだ三ガ日の内ではあり、これからどこで日を送ったものか、それさえ当てのない喜太郎だ。

いや、ぜひ寄ってみたい家が一軒、この近くにないことはない。柳橋の兼田で、その後お品はどうしているか、深川の鉄五郎のほうとの話はうまくついたかそれも気になる。が、堅気になるまでは敷居をまたいでくれるなといわれ、自分もまたがないとりっぱにいいきって出てきている。

「まあ、当分は遠慮しておくべ」

喜太郎は柳橋のほうを横目にかけながら、両国橋へかかった。

東両国の盛り場には、正月を当てこんで小屋掛けの興行物がどんどこどんどこにぎやかな鳴り物に景気をそえている。正月を着かざった人々の足が、ぞろぞろと橋をわたって、みんなそっちへ引かれていく。

「わあっ、けんかだあ」

橋をわたりきると、すぐそこの広場で急に人の流れがうずをまきだした。向こうに黒山のような人がきができている。

「喜太さん、見ないふりをするがいいぞ」

「うむ、見ねえとも。けんかなんてものはバカ野郎のすることだもんな」

「そうだとも。そんなバカ野郎のけんかに、つい口を出したがるやつはもっと大バカ野郎だ」

「けど、つい口さえ出さなければ、ちょっと見物するくらいなら、よくはねえかな。木戸銭がいるわけではねえでしょ」

喜太郎は自問自答しながら、やっぱり横を向いては通りかねた。人がきのうしろから、ひょいと現場をのぞいてみて、

――あれえ。

思わず目をみはる。けんかの主は、この暮れに、横山町の桐生屋の前で喜太郎がさんざんからかって逃げたお相撲勝なのだ。しかも、勝のほうには取り巻きが

ふたりついていて、そのひとりはたしかに兼田の船頭の亀吉だ。

相手はたったひとり、縞物《しまもの》の対をきちんと着た堅気らしいいい若だんなふうだが、これが大の字なりに威勢よくひっくりかえって、

「さあ殺せ」

をきめこんでいる。胸ははだかり、羽織は飛び、髷《まげ》はみだれてどろだらけだ。堅気のくせに、はだかった胸にまっしろなさらしをぐるぐる巻きつけているのがのぞけるのは、この若だんな江戸っ子で、いささかやくざっ気があるのかもしれない。

「野郎、起きねえか。無精なけんかをするない。起きねえとどてっ腹をけやぶるぞ」

お相撲勝は小出しに若だんなのわきっ腹をけりながらおどかしている。憎ていな太い足だ。

「かってにしやがれ。殺せたら殺してみろ、こうなりゃ、ぐうの音《ね》も出すんじゃねえや」

殺されるのにいばっているのだから、これが人足やごろつきならともかく、この若だんなはやけのやんぱちを通り越していると、喜太郎はなんだかおかしい。

「かわいそうに、あのお相撲勝の足で、がんと一つ胸でも踏んづけられたら、若だんなもおしまいだな」

「だれか早く恵比寿屋さんへ知らせてやらないかな。五両もつかませれば、このけんかはすぐにおさまるんだ」

おやと、喜太郎は思った。すると、この若だんなは恵比寿屋の金五郎らしい。

「ちょっとうかがいてえだが、あの若だんなは恵比寿屋金兵衛さんのせがれ金五郎さんというんかね」

その男に喜太郎はきいてみた。

「そうだよ、あんちゃん。おまえ知っているんなら、すぐ知らせてやるといい」

「それまで、若だんなの命、だいじょうぶだろうか」

「たぶんだいじょうぶだろう。相手は金が目あてなんだから、めったに殺しっこはない」

なるほど、そういう見方もあるだろうが、こんなにおおぜい見物人があっても、ひとりとして仲裁にはいろうという者がない。

「江戸の人間はみんな薄情だね。そんなことといってる間に、とめにはいってやるほうが早いのにな。ああ、わかった、とめるとふところが痛むからな」

「おや、この野郎、人に物をきいておいて、きいたふうなことをぬかすない」

その男も気の早いやつで、いきなりぽかりと喜太郎の頭をなぐりつけてきた。あっという間のすばやさだ。

「おまえさんとのけんかはあとにすべ」

喜太郎はにやりと笑ってみせておいて、おや、けんかがこっちへも飛び火したと、そのあたりのやじうまが乱れたつのをかき分け、さっさと人がきの中へ出ていった。

けんかはしないつもりだったが、その人の親ごたちにいまうれしい親切をうけてきたばかりだから、これだけは見殺しにはできないのである。

「やあ、関取、明けましておめでとうごぜえます」

喜太郎はわざと突拍子もない大きな声でいった。お相撲勝の注意を完全にこっちへ引きつけるためだ。

「おんや」

勝はこっちを向いて、むろんこのあいださんざっぱらからかわれているのだから、見忘れるはずはなく、たちまち血相が変わった。

「野郎、おぼえてるぞ」

「ありがてえことでごぜえます。旧年中は横山町でえらくお世話になりましたが、ことしも関取はあいかわらず商売繁盛《はんじょう》で、けっこうなこってすね」

「なにをぬかしゃがる。いいとこでてめえとぶつかった。さあ、いっちょうこい。きょうこそその素っ首をねじ折ってくれるぞ」

あのときのくやしさが身にしみているとみえ、お相撲勝はもう若だんなのほうはそっちのけで、ゆだんなくじりじりと喜太郎のほうへ向かってきた。一度はげらげらと笑っていたやじうまどもも、勝のみるみる殺気だってきた凶悪な形相《ぎょうそう》に、しいんと鳴りをしずめる。

「関取、おれは仲裁に出てきたんだ。そうおこるもんではねえ。初春そうそうけんかはやめにすべ」

「こんちくしょう、だれがそんな口車にのるもんか」

両手を腰のあたりで構えていまにもおどりかかりそうなけんまくに、つかまってはひとたまりもないから、

「あれえ、おっかねえ顔だね」

喜太郎はゆだんなくさがる。

「動くな、野郎」

「生きてるから、そうはいかねえ」

「うぬッ」

だっと出足早に、最初は猛烈《もうれつ》なもろ手突きにぶつかってきた。

「あぶねえ」

ひらりと喜太郎は横っ飛びに逃げる。

「くそッ」

それを追って、こんどは張り手だ。

「あぶねえ」

喜太郎がまた飛びさがった。

「この野郎ッ」

こんどこそと大手をひろげてひっつかみにかかったが、またしてもするりと手の下をくぐって逃げる。

「なかなかつかまらないな、関取」

「え、くそッ、こんちくしょう」

そのたびに人がきの輪が移動して、喜太郎はとうとう川っぷちへ出てしまった。

「あとがない。若い衆、あとがない」

気をもんでどなってくれるやじうまがいたが、それを承知でわざとここまで誘ってきた喜太郎だ。

「関取、くたびれたかね」

からかうようににやりと笑ってみせると、一度つかまえてしまえばもうこっちのものだとじれきっているやつだから、

「よいしょう」

またしても血眼《ちまなこ》になって引っ組みにきた。

「どっこい」

敏捷《びんしょう》な喜太郎がさっとあざやかに右へ飛びぬけると、お相撲勝のすぐ目の前は満々と潮をたたえた大川《おおかわ》だ。さすがにあわてて、

「おっとと——」

と両手を泳がせながら、あやうく踏みとまろうとするところを、横へ飛んだ喜太郎がくるりと半身に立ち直るなり、

「よいしょう」

右手で勝の左肩のあたりを、ぴしゃりと一つ力いっぱいひっぱたいた。ひとたまりもない。

「わあッ、あぶねえ」

どぶんとお相撲勝は自分から大川へ飛びこんで、大きなずうたいだからおびただしい水しぶきをはね飛ばしていた。やじうまどもがわあっと手をたたいてよろこんでいる。

若だんなそだち

喜太郎はとっさにゆだんなくあたりを見まわしたが、勝についていたやくざふたりは、どこへ逃げたか、もうそこいらには見当たらなかった。向こうに若だんなが、まだ大の字なりにひっくりかえってふてくされているようだ。ひとりで起きあがるのは、なんとなくてれるのだろう。

「恵比寿屋の若だんな、ひとりでは起きられないかね」

喜太郎がそばへ行って、わらいながら声をかけると、

「なにをッ」

金五郎はむくりと起き直った。

「だれだ、てめえは――」

「あれえ、威勢がいいんだね。おれは銚子の喜太郎です。いま若だんなの親ごさまたちにお目にかかってきたばかりだ」

「なあんだ、喜太郎ってのはおまえか」

急にきょとんとした顔をして、それでも人前があるから口だけは荒っぽい。

「さあ、もう立ちなせえ」

「野郎はどうした」

「お相撲勝かね。ひとりで大川へ飛びこんで、行水をつかっているだ」

「ふうむ」

「けんかはもうやめにするから、若だんなによろしくっていっていたです」

「そうか。案外いくじのねえ野郎だな。手を貸してくんな」

これはたいへんなみえ坊だと、喜太郎はあきれながら手を貸して、ぐいと引き起こしてやった。

「どこもけがしなかったかね」

着物についたどろを払ってやりながらきくと、

「冗談いうねえ、寝ていてけがをするほど、おれはまだもうろくはしねえ」

といいばって衣紋《えもん》をつくろっている。

「けんかは寝ながらするほうが楽だね」

ちょいとからかってやると、聞こえないふりをし、

「さあ、そのへんで一杯やろう。勝ちいくさだ、いっしょに行きねえ」

と、さっさと両国橋のほうへ歩きだす。まったく、いい気なものだ。両国橋を西へわたってしまうと、もうだれも今のけんかを見ていた者はいなくなるから、みんな他人の顔ばかりである。

「喜太さん、けんかのことは、おやじにもおふくろにも、ないしょにたのむよ」

ひと足先を歩いていた金五郎が、ひょいと肩をならべてきていった。

「それはわかっているが、なんで若だんな、あんな化け物とけんかなんかしたんだね」

「野郎のほうからぶつかってきたんだ。なあに、一両もそっとつかませてやれば、野郎のほうからおせじをつかってくるのは知っていたんだが、ついているやつが気に入らなかったんでね、やい、もっと目をよくあいて歩けと、つい啖呵《たんか》をきってしまったのさ」

「そういえば、ふたりばかり子分がついていたようだね」

「うむ、あの色の黒いたぬきみたいなつらをしたやつは、柳橋の兼田って船宿の船頭でね、亀ってやつなんだが、野郎の前じゃ絶対に弱みを見せたくないわけがあるんだ」

兼田の名が出たので、はあてなと、喜太郎はひそかに目をみはる。

「その亀ってたぬきがどうかしたんかね」

「いや、亀なんかどうだっていいんだが、兼田にお品って娘がいるんだ。これからおつな仲になろうと思っているのに、亀の口から変なことを耳に入れたくないやね。そのお品ってのがまた、おそろしく勝ち気ときているんだ」

これはおどろき桃の木である。

「つまり、若だんなはそのお品ちゃんを張っているわけか」

「まあ、ちょいと」

「お品ちゃんのほうでも、まんざらでもないんだね」

「まあ、ちょいとね」

「若だんなはおれをこれからその船宿へつれていくんかね」

柳橋のほうへ曲がっていくところを見ると、どうやらそうらしいと見た。

「変に取りっこなしさ。おれはなにもお品を見せびらかす気はないんだ。喜太さんとは初対面だが、おやじから話によく聞いていた。変なところでお目にぶらさがっちまって、これもなにか深い縁があるからだろうと、他人のような気がしないんだ。だから、近づきのまねごとをしようってのが目的なんで、お品のことはついでに出た話なんだ。けど、喜太さん、もしそんなとこはいやだっていうんなら、万八《まんぱち》へでも八百善《やおぜん》へでも案内するよ」

金五郎はさばさばとそんなことをいいだす。ひとりむすこでわがままそうだが、なかなか愛すべき点もありそうだ。

「なあに、おれは兼田でいいです。若だんなの張っている娘っ子ってのを見てやるべ」

その実、金五郎の客でまたぐ敷居ならお品にも文句はないだろう。ぜひ、その後の様子が聞いておきたい喜太郎なのだ。

「しかし、さすがに喜太さんは強いなあ、感心しちまった」

「いや、それほどでもないです」

「そうじゃない。お相撲勝をあんなふうに手玉にとるのはたいしたもんだ」

「あれえ、若だんな、寝ながら見物していたんかね」

「うむ。正直にいうと、うっかり起きるとまたてつだわなくちゃならない。といって、こそこそ逃げるのはしゃくだし、ひっくりかえっているよりしかたがなかったのさ」

「あは、は、もうあんな化け物とはけんかはしねえこったね」

柳橋をわたって左へ折れ、見おぼえの兼田の前には門松がない。金五郎は油障子をがらりとあけて、威勢よくひと足先に土間へはいっていった。

「おや、いらっしゃいまし」

おちついたお品の声がする。

「きょうは銚子の友だちをひとりつれてきたんだ。二階、あいてるか、お品ちゃん」

若だんなの声のほうがよっぽどはずんでいる。

「あいてますわ」

「そいつはありがてえ。おい、喜太公、はいれよ。いつまでそんなとこにぐずぐずしてるんだ」

好きな娘っ子の前だと、喜太さんがいきなり喜太公に変わっている。正直すぎる若だんなだと苦笑しながら、じつはこっちもお品との約束のてまえ、わざと呼びこまれるのを待っていたずるい喜太郎なのだから、のっそり土間へはいってうしろの戸をしめた。金五郎はもう炉ばたへ上がりこんですわり、そのさし向かいのところにすわっているお品が、びっくりしてこっちを見ている。みずみずしいつぶし島田に結《ゆ》って、少し顔はきついが、あいかわらず一枚絵から抜け出したような娘ぶりだ。

「わし銚子の喜太公で、きょうは恵比寿屋の若だんなのお供で敷居をまたぎました。悪く思わねえでもらいます」

喜太郎は上がりかまちのところへ行って、ていねいにお品のほうへ頭をさげた。

「なにをいってるんだ。寝言をいってねえで上がんな」

わきから金五郎が引き取って、

「お品ちゃん、この男は銚子の網元のせがれでね、家におとなしくしてれば灘屋の若だんなでいばっていられるものを、見かけによらねえ道楽者で、とうとうおやじに勘当されちまったというういわくつきのしろものなんだ。よろしくしたのむぜ」

と、たいへんな引き合わせ方をする。

「そうお。この人、喜太公っていうの」

なにが気に入らなかったたか、お品がつんと澄まして金五郎にきく。

「うむ、喜太郎だから喜太公さ。そうだな、喜太公」

「そのとおりでごぜえます」

「喜太公って呼んでもいいですか。いいなあ、若だんな」

「ああ、いいとも。――なあ、喜太公」

「そのとおりでごぜえます」

喜太郎はまだ土間に突ったったまま、にやにや笑っている。

「喜太さん、じゃあんた、恵比寿屋さんの家の番頭さんにしてもらったの」

「いいえ、それはこれからの話でごぜえます」

「でも、してもらえることはたしかなんでしょう」

「それは若だんなにきいてくだせえまし」

「若だんな、この人たしかにお宅の番頭さんにしてくださいますわね」

お品が金五郎のほうへ念を押す。

「うむ、そりゃ当人がなりたけりゃしてやってもいいさ」

おほんと長兵衛《ちょうべえ》をきめこむように、そっくりかえって見せる若だんなだ。

「ありがとうございます。若だんな、あたしからもお願いいたしますから、どうぞその人をお宅の番頭さんにしてあげてくださいまし」

お品が急にそこへ両手をついておじぎをした。

「あれえ、お品ちゃん、変なことをいうな」

それにはかまわず、お品は喜太郎のほうを向いて、

「喜太さん、よかったわね、堅気になれて。もうだれに遠慮することもないわ。さあ、早くお上がりなさいってば。あたし、どんなに心配していたかしれやしない」

これはおかしい、この気の強い娘が、人前でつとそで口を目がしらへ持っていくのだ。そのお品の心意気が、じいんと清水《しみず》のように喜太郎の胸へもしみこんでいく。

むじゃきな仲

「お品さん、おやじさまの姿が見えねえようでごぜえますね」

喜太郎はまだ座敷へあがろうとはせずにきいてみた。去年の暮れきたとき、堅気にならないうちは敷居をまたいでくれるなといわれている。自分ではもうやくざはやめた気でいるが、黙ってあがって、あとで磯吉老人にいやな顔はされたくない。あがるまえに、ひとことあいさつをしておきたいと思ったからだ。

「あいにく、おとっつぁん出かけています。今までいた船頭に暇を出したもんだから」

「ああ、あの亀というやつね。あの野郎はあんまり感心しなかった。そうそう、そういえば、よけいなこったが、深川のほうはうまくかたがついたかね」

「ええ。まあ、ついたような、つかないような」

お品はあいまいに口をにごして、

「とにかく、あがったらどうなんです」

と、にらむような目をする。

「あとで、おやじさまにしかられると困ると思ってね」

「だって、きょうはあんた若だんなのお供じゃありませんか。ねえ、若だんな」

お品は改めて炉ばたの金五郎のほうへ同意をもとめた。

「やい、喜太公」

さっきからじろじろとふたりを見くらべていた金五郎は、やっとこいつおかしいと気がついたのだろう、ぐいとこっちへ開き直った。

「なんです、若だんな」

「若だんなじゃねえ、そらっとぼけやがって。おまえ、お品ちゃんとただの仲じゃなさそうじゃねえか」

「そ、それは困るだ。そんなこといっちゃお品さんが迷惑するです」

「いいのよ、喜太さん。あたしべつに迷惑なんかしないけど、――若だんな、この人はね、去年の暮れ死んだにいさんの遺言と形見をとどけてくれたんです」

お品が中へはいって、いそいで言いわけをしてくれる。

「にいさんて、島さんのことか」

「ええ」

「じゃ、島さん死んだのか」

「ええ、去年の十一月、仙台の塩釜で病気で死んだんですって。そのとき、この人が死に水を取ってくれたんですって」

「ふうむ。そいつは知らなかったな。死んだのか、島さんは」

さすがに金五郎はぽかんとした顔だ。

「喜太さんはにいさんと兄弟分だったといいますから、うちには深い縁がある人なんです」

「そういえばそうだな」

金五郎はもう一度ふたりの顔を見くらべて、

「それでなにか、お品ちゃんは、つまり喜太公が好きになったたってえわけか」

と、そこをはっきりさせておかなければ、どうにも気がすまないらしい。

「そんなこと、女に面と向かってきく人がありますか。いやだな、若だんなは」

つんとそっぽを向きながら、お品のほおへほんのり血の気がさしてきたのは、口でいうより、よっぽど深いものがあるようだ。

「こいつはがっかりだったな」

ほんとうにがっかりしたような顔をするのだから、若だんなも正直である。

「あら、なにをがっかりしたんです」

「まあ、いいや。こう見えてもおれは江戸っ子だからな――やい、喜太公、おれはきれいさっぱりあきらめたぜ。つまらねえことになりやがった」

「あいすんませんでござえます」

「なにをぬかしやがる。いいから上がれよ――お品ちゃん、早いとこ一本つけてくんな。ここでいいや。あっさりやっつけて、景気なおしに辰巳《たつみ》へでもくりこもう」

　金五郎はそんな負け惜しみをいう。

「そういわないで、お正月なんですもの、ゆっくりしていってくださいましな」

　お品が澄ました顔をしてからかう。

「と、それはお品ちゃん、喜太公にいうことばなんだろう」

「うれしいわ、若だんなは察しがいいんですもの」

「おだてるねえ」

　腹ん中ではやっぱりおもしろくないらしい。

「お品さん、線香をあげさせてもらってもいいかね」

　ぞうりをぬいで喜太郎は、すわるまえにきいた。

「どうぞ――」

　お品が先に立って、茶の間のふすまをあけてくれる。

　仏壇の前に立つと、花も水も新しく、みかんの盛り物にそえて、焼いたもちが供えてあるのも、せつない親子の心づくしがしのばれて哀《あわ》れ深い。線香をあげて、鈴を鳴らし、目をつむって合掌《がっしょう》すると、島吉の顔がまだはっきりとまぶたに焼きついている。

――あんなに恋しがっていたおまえが、とうとう二度と江戸の正月に会えずにしまったのに、用でもねえおれが、こんなところへ来てふらふらしている。かわいそうに、どうしておまえはあんなにあっけなく死んじまったのかなあ。

それを思うと、やっぱり目がしらがじいんと熱くなってくる喜太郎だ。

「おい、いいかげんにかわれよ。おれに恥ばかりかかせやがる」

うしろから小声でいって、金五郎がこづく。そうされてみて、ああそうだっけと気がつき、まの悪い思いをしたのだろう、それでもこうして立ってくるだけ、憎めない若だんなだ。

「ごめんなせえまし」

喜太郎は若だんなに場所をゆずって、店の炉ばたへ帰ってきた。

台所からちょうしを運んできたお品が、横目で仏壇のほうを見てくすりとわらう。

「若だんなったら、ほんとにむじゃきなんだから」

「おやじさまは稼業で出たんかね」

「ええ。亀戸《かめいど》の天神さまへおまいりする人がきたもんだから」

「寒いのに、年寄りがたいへんだな。地理がわかれば、おれ当分手だすけしてやってもいいんだが」

「ほんとう、喜太さん」

思わずうれしい手がひざにかかったとたん、ちんちんと仏壇の鈴がやけに鳴った。

「あら、若だんな、お鈴をこわさないでくださいまし」

くるりとそっちを向くと、ちゃんと背中が男の肩へしなだれかかったかっこうになっているんだから、金五郎は助からない。

「なにをぬかしやがる。兄貴が死んでまだ百ヵ日もたたねえのに、もう男にべたついてやがる。仏がおこりだすなあたりまえだ」

「そんなことないわ。喜太さんなら、にいさん安心してくれると思うんだけど」

「あれだ。当節は生娘のほうがあつかましくできているんだってね」

「ええ、あたしはつい一本気なもんですから」

「いったな、こいつ」

金五郎は、ずかずかと炉ばたへもどって、喜太郎とさしむかいにすわり、

「お品ちゃん、ことわっとくが、喜太公は船頭にゃしねえよ。おれんとこの番頭

のほうが先口なんだから、そのつもりでいてもらいてえ。なあ、喜太公」

と、意地の悪い顔をする。

「ようござんすわ。そのかわり、若だんな、この人ふしあわせな人なんだから、いたわってやってくださいましね」

「いいとも、毎日いたわって、こき使ってやらあ」

「どうして若だんなはそうつむじ曲がりにできているのかしら」

「曲がってるなあおればかりじゃねえ。どうしてお品ちゃんのからだはそう喜太のほうへばかり曲がりたがるんだろうな」

「あら、ごめんなさい。ついあたしむじゃきなもんですから――はい、若だんなお酌」

銅壺《どうこ》からちょうしをとって、ふきんでぬぐい、さすがにお品は金五郎のほうへ先に杯をすすめた。

「なるほど、お酌だけはおれのほうが先か。そうだろうな、勘定はおれが払うんだからな」

「いいえ、お毒味をしていただこうと思って」

「おこるぜ、おめえがそんなにあばずれだとは、今の今までおれも気がつかなかった」
「若だんな、あわてておお嫁にしなくてようござんしたね」
喜太郎がわきから、にやにやわらいだす。
がらりと入り口の油障子があいて、
「ごめんよ」
どかどかとはいってきたやつがある。ちょうどそっちへ背を向けてすわってい
る喜太郎は、足音で、三人づれだな、ただの客じゃないと読みながら、わざとそ
っちには向かなかった。けんか凶状があるから、なるべくやくざから顔をそむけ
る、そんな癖がいつの間にかついている喜太郎だった。

ほえる山犬

「あっ、いやなやつが来たわ」
うきうきしていたお品の顔から、急に血の気がひいたようだったが、それでも

しゃっきりと上がりかまちのほうへ立っていく。

「おいでなさいまし」

「ごめんよ。おまえさんはここの娘さんのお品さんだね」

「はい」

「おれは、深川の鉄五郎の使いできた石巻の佐助という者だが、おとっつぁんいなさるかね」

おやと喜太郎は思った。石巻の佐助なら、去年の夏、自分のやっかいになっていた塩釜の湊屋酉五郎親分のところへ、ふいに切り込みをかけて、湊屋のなわ張りを横取りしようとしたやつだ。そのときは死んだ島吉といっしょに、佐助一家をむかえ討って、思いきりあばれまわってやったが、あの切りこみに失敗して佐助はそのまま土地を売っている。すると、流れ流れて、今は深川の鉄五郎のところへ身を寄せているのだろうか。

「おとっつぁんはるすですけれど、なんかご用でしょうか」

「うむ。正月そうそうあんまりめでたくない使いで出向いてきたんだが、それじゃおとっつぁんが帰ってきたら、ことづけをしといてもらおう。明けて去年の暮れの三十日に、この権太《ごんた》という身内が鉄五郎の名代《みょうだい》で、お宅へきておとっつぁんに会った。三年ごしの貸し金百両のうち、五十両はすんだが、まだ五十両残っている、それを取りたてにきたんだが、そのときおとっつぁんがいうには、金を借りた本人の島吉は旅先で死んで、こんど位牌《いはい》になって帰ってきた、もとはといえばせがれが賭場《とば》で借りた金だそうで、親の知らないことだ。ごらんのとおり、うちは堅気《かたぎ》でやくざなせがれは勘当《かんどう》してあった。こんど位牌になってかえってきたから、仏《ほとけ》になればもう罪はない、そう思って家へ入れてやったんで、そんなわけだから、残りの五十両は死んだせがれへの香典だと思って棒引きにしてくれまいか、こういう頼みだったそうだ」

「はい。それはあたしも陰で聞いていました」

「その節権太は、そんな虫のいいことはたぶん親分が承知しないだろうと思うが、おれは使いのことだから、一度帰って話してみよう、追って返事をするからといって引き取った。知っていなさるだろうね」

「知っています」

「きょうはおれがその返事にきたんだ。鉄五郎がいうには、賭場の貸借《たいしゃく》は証文がないかわりに首がかかっている。そのまま香典にはできない。香典は五十両うけとってからの話で、松がとれたら翌日、残りの五十両うけとりに行くから、そう思ってくれ、もしそのとき五十両こしらえないと、娘をつれていって金に替える。前もってことわっておくから、そのときになってじたばたしないようにと、こういう返事だ。おとっつぁんが帰ったら、きっと耳へ入れといてもらいたいな」

お品はじっとうつむいたまま答えない。

「わかったろうね。お品さん。ほんとうなら、もう約束の期限の切れている金なんだ。こんなことわりをいうまでもなく、黙っておまえさんをつれていっても文句はないはずなんだが、まあ筋だけは通しておくがいいと、おれが鉄五郎親分にすすめて、使いに立ったってわけだ。この八日の暮れ六つだから、忘れずにおとっつぁんの耳へ入れといてもらいてえ」

佐助はそんな恩きせがましいこともいう。

バカを相手にしたってしようがないと思いながら、喜太郎はとうとうがまんできなくなってきた。

「石巻の親分さん、お久しぶりでごぜえます」

くるりとそっちを向いてあいさつをする。

「あっ、てめえは銚子の喜太郎――」

思いがけなかったのだろう。佐助はぎょっとしたようにひと足さがって、長《なが》脇差《どす》の柄《つか》に手をかけた。

「親分さん、おぼえていてくれたかね」

喜太郎がにやりとわらってみせると、佐助はこんな若僧を相手にあまりにもおおげさにぎょっとしたのが、みんなのてまえ、我ながらいささかてれたのだろう。

「そうか、わかった。てめえがここへ島吉の位牌をしょってきやがったんだな」

と、柄にかけた手をそろりと放す。

「へえ、お察しのとおりでごぜえます。おれはもうやくざはやめていますが、島吉とは兄弟分になっていましてね、ほんとに惜しい男を死なせてしまいました」

「ふうむ。そんな殊勝《しゆしよう》らしいことをぬかしやがって、てめえのお目あてはこのお品だろう」

佐助は毒々しくせせらわらう。

「どういたしまして——。おれは鉄五郎親分や親分さんなんかと違って、人がいいもんだから、とてもそんな悪どいまねはできねえです」

「なんだと、この野郎」

「気にさわったらごめんなせえまし。親分さんは、島吉兄貴がなんで鉄五郎親分の子分衆をたたっ切って江戸を売るようになったか、そのわけを聞いていなさるでしょうね」

相手は佐助と、鉄五郎身内の権太と、もうひとりは佐助の子分で、佐助より強いといわれている向こう傷の定吉《さだきち》というやつ、すごい命知らず三人を向こうにまわして、喜太郎は平気で話をすすめていく。

さすがの金五郎も、きかない気のお品も、黙って息をのんでいるばかりだ。

「それを聞いていりゃ、どうだっていうんだ」

「聞いていれば、石巻の親分さんともあろう人が、こんなみっともない使いには来なかったと、おれは思うです」

「やいやい、田吾作《たごさく》のくせに大きな口をたたきゃがると承知しねえぞ。いってみろ、なにがみっともねえ使いなんだ」

権太がそばから山犬のような目を光らせてほえついてくる。

「おまえさんは鉄五郎親分の子分だから、そのときのことをよく知っているだろう。あの晩、島吉兄貴は目と出て、洲崎《すさき》の賭場を出たときはふところに七十両ばかり持っていた。さあたいへんだと兄貴は心配した。ここのおやじさまは大のばくちぎらいで、うっかりそんな大金を持ってかえると、かくし場に困る。といって捨てるのはもったいない話だし、あのときぐらい困ったことはないと、おれは兄貴からわらい話に聞いているです」

「日が短えんだ、わらい話なんかあとにしろ」

「なあに、すぐにこわい話になるです」

「なんだと――」

「洲崎の土手へかかると、いきなり切って出たやつがある。しかも三人だ。石巻の親分さんはよく知っていなさるだろうが、島吉兄貴は強いからね、うぬらぬすっとかといいながら、長脇差をふりまわして、ふたりをたたっ切ったら、ひとりはあわてて逃げてしまった。かぶり物を取って、切ったやつの顔を見ると、それがぬすっとではなくて、鉄五郎親分の子分だった」

「うそをつきやがれ。てめえが持ちつけねえ金なんか持っていたから、島吉はぬすっととまちがえたんで、あの三人はまえから島吉といざこざがあった、その意《い》恨《こん》ばらしに洲崎の土手で待ち伏せしていたんだ」

「はあてね、たしかにそれに相違ごぜえませんね」

喜太郎がとぼけた顔をして念を押す。

「あたりめえよ。こう見えても深川の八百鉄《やおてつ》一家だ、だれが人のふところなんかねらうもんか」

「そんなら権太さん、おうかがいしますが、七十両からの大金を賭場で勝って帰った島吉兄貴が、どうしてその晩鉄五郎親分から百両借りるわけがあるんでごぜえましょうね」

「な、なにを――」

権太はあっと目をむいて、思わずことばに詰まったようだ。

「賭《か》けの貸借は証文がいらないかわりに、期日にかえせないと首を持っていかれても文句はいえない。そんなあぶない金を七十両でさえどこへかくそうかと心配している島吉兄貴が、賭場から借りて帰るはずはない」

「なにをぬかしやがる。島吉が百両借りたのは、そのまえのときよ。おれはちゃんと知っているんだ」

「へえ、そのまえに百両借りがあるのに、七十両勝ったとき、よく黙ってそれをわたしましたね。どうしてそのとき差っ引かなかったんです」

「こんちくしょう、じゃてめえは、うちの親分をかたりだといいてえんだな」

「そんなことは、おれがここでいわなくたって、いまの権太さんのことばを証拠に、お白州《しらす》へ訴えて出れば、お奉行さまがちゃんと白い黒いをつけてくれるです」

ことばはおだやかだが、きっぱりといいきる喜太郎の筋のとおった話には、千鈞《せんきん》の重みがある。

「さあ承知できねえ。よくも親分をかたりにしやがったな。野郎、表へ出ろ」

権太はまっさおになってわめきだした。

「静かにしてもらいますべ。おれはつんぼではねえから、あたりまえの声でもよく話はわかるです」

「文句をいわずに、表へ出ろ。出ねえとここでたたっ切るぞ」

逆上しているから、いまにも引き抜きかねない勢いだ。

なんにも武器を持っていない喜太郎だから、お品ははっとして、思わず中腰になる。

「まあ、あわてることはねえだ。——石巻の親分さん」

喜太郎はおちついて佐助のほうを向く。

「聞いてのとおりのいきさつで、島吉兄貴の百両の借りというのは、ここのおじさまのまったく知らない話だ。だいいち、賭場の貸借は当人どうしのことで、親兄弟にまで迷惑をかける性質のものじゃない。子の借金を親が払うとか、親の借金を子が払うとか、それは証文をとってやる金貸しのやることで、親分衆のすることじゃないと思う。だからこそ、賭場の貸借は証文がないかわりに首がかかる。その当人の島吉兄貴は、もう仏になっているんだ。首をとろうったって、死んだ者の首はとれない。どんなもんでごぜえましょうな、ここのおやじさまもせがれの首がかわいいと思えばこそ、苦しい思いをして、五十両だけはかえしたんだ。残りの五十両、これは島吉への香典として、棒引きにしてくれるように、親分さんからいちおう鉄五郎親分に話してみてもらえますまいかね」

さすがに佐助も返事に詰まって、ちらっと傷定の顔を見る。

「親分、きょうはおとなしく引きあげやしょう」

傷定は佐助に目くばせして、

「おい、喜太郎、てめえの言いぶんはたしかに鉄五郎親分の耳に入れておく。だが、応か否かまでは引きうけねえから、そのつもりでいてもらおう」

と、念を押す。

「それでけっこうでごぜえます」

「そこで、それとは別に、てめえには塩釜以来のけんかの意恨が残っている。いずれけんか状をつけるから、そのときはきっと出てこいよ」

「おれはもうやくざの足は洗ったつもりだが、それをいっても承知するおまえさんがたじゃなさそうだ。いかにも承知したです」

「野郎ッ」

すきを見て、権太がだっと抜き打ちに切りつけてきた。

「あれえ、喜太さん」

と、金切《かなき》り声をあげたのはお品で、ひらりと身をかわした喜太郎は、空を切った相手のきき腕をひっつかむなり、たちまち権太を上がりかまちへねじ伏せていた。

「なにをするんだ」

「うぬッ、こんちくしょう」

「もがいてもだめだ。これ、よく聞いておけ。てめえはたいせつな生き証人だから、命だけは助けて帰してやる。家へ帰ったら鉄五郎に、あんまりあこぎなまねをすると、善人にはお奉行さまという味方がある、こっちから恐れながらと訴え出るからそのつもりでいろとな。わかったか」

「なにをぬかしゃがる――。いてえッ」

「痛ければわかったとぬかせ」

喜太郎は遠慮なく背中を押さえつけているひざがしらへぐいと力を入れる。

「いてえッ、いてえッ」

目を血走らせて、じっと見ていた佐助と傷定は、ふたりでかかってもだめだと見たのだろう、黙ってすっと表へ出ていってしまった。

「野郎、まだわかったとはいわねえか」

「いてえ、こんちくしょう——わかったよ」

「そうか。かんべんしてやるから、お白洲へ出るまで命をたいせつにしろよ」

喜太郎は相手を放して、すっとあとへさがる。ぱっと門口まで逃げた権太は、そこで立ち止まって、

「やい、おぼえていろ」

すごい目をして、悪態《あくたい》をついて、さっとふたりのあとを追っていった。

「あれえ、あけっぱなしで行きやがった」

喜太郎は土間へおりていって、静かに油障子をしめる。

ひょいとお品のほうを見ると、ぽかんとそこに立って、燃えるような目がこっちを見ながら半分泣きべそをかいている。

——正月だっていうのになあ。

とうとうまたけんかをしてしまった。喜太郎は急にしいんと寂しくなってきた。

しし舞いの笛太鼓がこの町内へはいってきたらしく、にぎやかに近づいてくる。

父親の腹

七草正月は朝からどんよりとした雪もよいの空だったが、昼すぎからとうとう白いものがちらつきだして、日暮れになっても降りつのるばかりだった。

浅草橋から柳橋へかけて、平右衛門町河岸《へいえもんちょうがし》に軒《のき》をならべている船宿も、こんな日にはもう客がないと見て、大戸をおろしてしまった家もあるが、お品はいつものとおり門口の兼田の掛け行灯《あんどん》に灯《ひ》を入れて、店の炉《ろ》ばたへかえり、ふろからもどってくる父磯吉を待っていた。

あの三日の日以来、喜太郎と金五郎も、一度も顔を見せてくれない。

――やっぱり、あんなことをいわなかったほうがよかったのかしら。

お品は妙に寂しい。

あの日、喜太郎が深川の悪党どもを追いかえしてくれたあとで、ついうっかり、おとっつぁんが喜太さんを家へ泊めなかったのは、やくざぎらいだからというわけではない、深川の八百鉄との行きがかりがすまない間は、いつきょうのようなことが起こるかしれない。あの気性だから、もし喜太さんにまたけんかでもさせるようなことがあると、銚子の親ごさまに申しわけないからだと、父親のほんとうの気持ちを話してしまった。

喜太郎は急にしいんとした顔をして、

「すまねえことです。おれもう二度とけんかはしません。お品さん、きょうのこと、おとっつぁんが帰ってきても、黙っていてくれよな」

かたくそういいおいて、金五郎若だんなといっしょに帰ってしまった。

口どめはされていたけれど、あの日のことは父親の耳に入れておかないわけにはいかない。夕がたもどってきた父に、ありのままを話すと、

「そうか。しようがないな」

と、暗い顔をして、ただひとことといったきりだった。

おとっつぁんはしようがないなですましていられるけれど、あたしと喜太さんの仲はどうなるんだろうと、お品は毎日胸が重かった。

あきらめろったって、もうそんなわけにはいきやしない。あたしは喜太さんが

死ぬほど好きなんだし、喜太さんだってあたしがきらいじゃないことは、その口のきき方、あたしを見るときの目でちゃんとわかっている。

いちばんいいのは、喜太さんに家へきて船頭になってもらうことだ。そうすれば、おとっつぁんも助かるし、あたしはきっといいおかみさんになってみせるから、喜太さんはきっと堅気《かたぎ》になれるのだ。

それをおとっつぁんが遠慮しているのは、八百鉄一家のことがあるからだろう。それならなおさらのことだと思う。このあいだ石巻の佐助たちがいっていた八日の暮れ六つというのは、もうあすのことだ。ほんとうに、あんなあばれ者たちに踏みこまれたら、おとっつぁんひとりでどうすることができるだろう。

喜太さんは、善人にはお奉行さまがついているから心配ないといっていたけれど、お奉行さまの前へ出るまえに、あたしがさらわれて、二度と取りかえしのつかないからだにされてしまったら、なにもかもおしまいになってしまうじゃないか。

――いやだ、あたし、そんな。いっそおとっつぁんに黙って、今のうちに喜太さんをたのんできちまおうかしら。

喜太さんも喜太さんだと思う。そんなに遠いところにいるわけじゃなし、つい目と鼻の間の馬喰町に、あの日から恵比寿屋の番頭さんになっているのだ。

まさかお品は自分が見に行くわけにもいかないから、きのうも女中のお霜に見に行ってもらったら、この寒空にせっせと店の腰高障子を洗わせられていたという。

「若だんなはなにをしていたの、お霜」

お品はかちんときたので、お霜にきいてみた。

「憎らしいってないんですよ、ねえさん。喜太公、金五郎のやつはいつものぞろりとした身なりで、ふところ手なんかして、まだすまねえのか、のろまだなあ、おれはさっきからじりじりして待っているんだぞ、早くかたづけろって、おこっているんです。そのくらいなら、自分もてつだってやればいいのにねえ」

「それで、喜太さん、なんていっていた」

「まっかな手をして、ぞうきんをしぼりながら、若だんな、そういそがせてもだめだ。これなかなかおしまいにならねえから、待ち遠しかったら、先へ行っておくんなさい。——そうはいかねえ、恵比寿屋の若だんなが供もつれずにひとりで歩けるかって、こうなんですよ」

「ふうんだ、たかが旅籠屋《はたごや》のせがれのくせに、なにさまになった気でいるんだろう」

「あたしも、あんまりしゃくにさわるから、若だんな、こんにちはっていってやると、やあ、お霜か、どこへ行くんだ。お使いの帰りです。うそをつけ、お品にたのまれて、この男の様子を見にきたんだろう、帰ったらそういってくんな、喜太公はのろまだから、おれが早く一人まえになれるようにみっちり仕込んでいる、当分はどこへも出さねえとな、とこうなんです」

「おまえ、それで黙って帰ってきたの」

「黙ってなんか帰るもんですか。ええ、ええ、どうぞみっちり仕込んでやってくださいまし、若だんなのお仕込みなら、さぞりっぱな道楽者ができあがるでしょうって、いってやりました」

「なんだか変ねえ」

お品はがっかりしてしまった。どうやら、お霜はふたりにからかわれて帰ってきたらしいからである。

それにしても、喜太さんがほんとうにあたしのことを心配していてくれるんなら、今夜あたりそっと様子を見にきてくれるぐらいの実意があってもいいはずだと、お品は思うのだ。

──今もしあの人がきてくれたら、ちょうどおとっつぁんはるすだし、お霜はあたしの味方だからかまやしない。もと亀のいた二階へそっとかくしておいて、おとっつぁんはお酒をのめばすぐ寝てしまうから、あたしはそれからお酒のしたくをして、あの人のところへ忍んでいく。

たのしいなあと、お品は考えただけでも胸がわくわくしてくる。

「寒かった、あんた」

「寒かったです」

「ごめんなさいね」

「しようがねえです」

「おこってるの、あんた」

あたしはいっしょうけんめいあの人のきげんをとらなければならない。

「ああ、わかった。あんたはあたしがこんなまねをしたんで、いたずら娘だと思ってるのね。おこるわよ。あたし」

それでもあの人の心は解けないかもしれない。

「いやだわ、疑っちゃや。あたしはこの年になるまで、一度だって男なんか恋しいと思ったことはありゃしません。それだのに、あんただけは好きでたまらない、どうしてかしら。こんなことするのも、いたずらのつもりじゃないわ。あたしはもうあんたのおかみさんになったつもりなんだわ」

「ほんとうかね」

「ほんとうよ。あたしはもう気がちがいそうにあんたが好き」

あの人はきっとあたしを抱きしめてくれるにちがいない。どんなにうれしいかしら。きてくれるといいなあ、喜太さんがと、お品はからだじゅうがうっとりとなってくる。

とんとんと、門口で下駄の雪をはたく音がした。

――あっ、喜太さんだわ。

思えば思われると、おもわずお品が中腰になったとき、がらりと油障子があいて、父親がふろから帰ってきた。

「あら、がっかりだわ」

お品は我にもなく口に出てしまった。

「なにががっかりなんだ、お品」

「だって、だって、七日正月だっていうのに、雪なんか降るんだもの」

「天に愚痴《ぐち》をこぼしたってしようがねえだろう」

磯吉はわらいながら台所へ手ぬぐいをかけに行って、帰りに茶の間へはいる。お品は思わず首をすくめてしまった。なんだか二階に喜太郎をかくしているような気がしてしようがない。

父親は仏壇に灯明《とうみょう》をあげ、線香をたいてから、炉ばたへ出てきた。

「お霜、お酒のしたくできてるかえ」

「はあい——。おとっつぁん、まだ降ってるんでしょう」

「うむ、今夜はつもりそうだなあ」

「はい、お茶——」

娘がついでくれた茶わんをうけとって、ゆっくり一口のんでから、

「お品、きょうで松もとれたし、いつまで家へおいてもしようがねえから、あすは島吉を寺へおさめようと思うんだ」

と、父親は仏壇のほうへちらっと目をやった。悲しみを新たにしているような顔である。

「そうね。にいさんもいよいよおっかさんのところへ帰るのね」

「うむ。おまえとおれと、喜太郎さんも行ってくれるというから、あす船で送ってやろう」

「あら、喜太さんも行ってくれるんですって」

　お品はどきりとして、さっきの胸の中を見すかされてでもしたように、さっと顔が赤くなる。

「にいさん、よろこぶわね、きっと」

「おとっつぁんは、とんだまちがいをしていたんだな」

「どうして――」

「八百鉄にただで取られる百両、それがくやしくて、残りの五十両は島吉の香典にしてくれと、八百鉄を追いかえした。考えてみりゃ、その五十両は島吉がとどけてくれたものだ。けちな了見さ。島吉の五十両で、喜太郎さんの無事を買う、どうして早くそこへ気がつかなかったか、いい年をして我ながらあさましいや」

　あっとお品は目をみはった。なるほど、八百鉄に残りの五十両さえくれてやる気になれば、自分のからだもねらわれずにすむし、喜太さんもあんなけんかは買わずにすんだのだ。

「おそまきながら、やっとそこへ気がついたんで、おとっつぁんはさっき恵比寿屋さんへ行ってな、だんなに腹ん中を打ちあけて、喜太郎さんを一日貸してくれるようにたのんできたのさ」

「だんなは承知してくれたの」

「うむ。喜太郎さんは若いから、五十両かえすのは不服のようだったが、恵比寿屋のだんなはそれが上分別だと、たいそうよろこんでくれてな、おとっつぁんはあす寺の帰りに、八百鉄の家へ寄ることにきめている」

なにかほっとしたような父親の顔を見ると、それで事がうまくおさまってくれるなら、五十両なんか少しも惜しくないと、お品にも思えてきた。

「お金なんか、働けばできるんですものね」

「そうだとも」

「働くには、おとっつぁん、やっぱり船頭がいなくちゃ不自由じゃないかしら」

「それも今、考えているんだ。亀の野郎のようなんじゃ困るしな」

喜太さんがいちばんいいのにとは、さすがに娘気の口に出しかねるお品だ。じつはそれがいいたくて、わざわざ船頭のことをいいだしたのだけれど——。

おどるてんびん棒

外には少し風が出て、降りしきる粉雪が暗い神田川にうずをまいていた。河岸っぷちの道はもうまっしろで、人っ子ひとり通ってはいない。兼田の掛けあんどんがそこだけぼうっと黄ばんだあかるみを作り、そこにも粉雪がうずをまいていた。

その兼田の桟橋《さんばし》へ、すうっと音もなくついた屋根船が一つあった。

「着きましたぜ」

簑笠《みのかさ》をつけた船頭が、小声に船房のほうへ告げて、手早く船を杭《くい》にもやう。その間に船房から、ぬっと艫《とも》へ出てきたのはふたり。厳重な旅じたくをして、腰に長脇差をぶちこんでいるやくざだ。

「いいあんばいに降りやがる」

先に立ちながらそういったのは石巻の佐助で、

「親分、早いとこやっつけべえ」

と答えたあとのは子分の傷定だ。

「権太、いいか」

「へえ」

蓑笠をかなぐりすてた船頭は、八百鉄の子分の権太だ。これでこのあいだの晩の三人悪党がそろったわけだ。

「それ、行け」

どかどかと桟橋を駆けあがって、往来の雪をけたてながら、兼田の門口へ殺到する。

がらりと油障子を引きあけて、まっさきに土間へ踏んごんだのは権太だ。

「あれえ」

炉ばたの親子は、ちょうど膳《ぜん》が出て、これから磯吉の晩酌《ばんしゃく》がはじまろうとしているところだった。びっくりしてお品が思わず金切り声をあげると、

「騒がなくたっていいや。おれたちはなにも強盗やなぐりこみじゃねえ」

と、権太がせせらわらい、

「おとっつぁん、こんばんは――」

人をくった顔をして、磯吉のほうへあいさつをする。

「やあ、深川の権太さんだね」

さすがに磯吉は顔色ひとつ変えていない。

「うむ、その権太さんだ。約束の八日にゃ一日早いが、どうせ去年の暮れの三十日に期間は一度切れている金だ。こっちにもちょっとつごうがあるんで、今夜もらってこいと、親分からいいつけられてやってきた。島吉に貸した百両の残りの五十両、耳をそろえてここへ出してくんな。ことわっとくが、言いわけはきかねえよ。金ができなければ、約束どおりお品のからだをもらっていく。どっちだね」

「権太さん、銚子の喜太郎をよけて、わざと一日早く催促《さいそく》かね」

磯吉がひやかすように、にやりとわらう。

「なんだと」

「まあ、まあ、そう目をむかなくたっていい。今のは冗談だ。どうせあすはこっちから八百鉄さんの家へとどけようと思っていたところなんだから、おまえさんに五十両おわたししよう」

「ふうむ、できたのか、金が」

権太はちょっと当てのはずれた顔をする。ねらいはやっぱりお品のからだにあったのだろう。

「うむ、金はできている。そこでな、権太さん、この金をわたすについて、もともとこれは証文のない借金なんだから、証文をかえしてくれといっても無理だ。といって、こっちは弱い堅気《かたぎ》なんだから、またあとでいざこざがおこっても困る。証文がわりに一つ、残金の五十両受け取ったうえは、今後いっさい兼田へは迷惑をかけないという受取書を、親分八百鉄さんの名義で一本入れてもらいたいんだが、どんなもんだろうな」

磯吉はおだやかに掛け合うのだ。

「おれに受取を書けっていうのか」

「そうなんだ」

「石巻の親分、どんなもんでしょうねえ」

権太はうしろに突っ立っている佐助に相談する。

「そりゃ書いてやるのがほんとうだろう。けれど、そいつは五十両という金を見てからのことだ。受取は書きました、じつは金は少し足りねえから、これでまけてくれといわれてもつまらねえからな」

佐助がりこうぶったことをいう。なるほど、こんなけちな了見の親分だから土

地を売るようになると、磯吉は腹の中でけいべつしながら、

「そうかね。金のつらを見ないうちは安心できないのかね」

と、立ち上がって茶の間の仏壇のほうへ行った。島吉の五十両は仏壇の下の引き出しにしまってあるのだ。じつはそれが佐助の手だったらしい。

「よし、わかった。それっ」

佐助は子分の傷定に目くばせをして、土足のまま店へおどりあがり、いきなりお品に飛びかかっていく。

「あれえ、おとっつぁん」

お品は佐助と傷定に、両方から腕を取られて金切り声をあげる。

「権太、ぼやぼやするな、おいぼれをたたき伏せて、早く金を取れ」

「ああ、そうか」

やっと気がついた権太は、

「なにをするんだ、おまえたち」

ぎょっと顔色をかえながら、茶の間から娘のほうへ駆けよる磯吉に力いっぱい組みついていく。

「おとっつぁん、助けてえ」

必死に身もがきするお品の口を、佐助がうしろからあわてて手でふさぎ、三つのからだがもつれあうように土間へおりてきたとき、がらっと表の油障子があいた。

「石巻の親分さん、それなんのまねだね」

てんびん棒を突いて、ぬっとそこに立ちふさがったのは、髪にも肩にも粉雪が点々と白い喜太郎である。

「あっ、てめえは喜太郎——」

「たぶんおれ、こんなことだろうと思って来てみたが、親分さん、お江戸のまんなかへきて、山賊のまねはよくねえな。やめにするこった」

「ちくしょう」

佐助も傷定も、喜太郎の強いのは知っている。しかも、出入り口をふさがれているのだから、思わずお品を突っ放して長脇差の柄に手をかけ、おおかみのように目を光らせながらじりじりとあとへさがる。

「ここで刃物を抜いちゃいけねえな。やるんなら表へ出るべ」

「野郎ッ」

傷定が、相手のえものはたかがてんびん棒一本だと気がついて、だっと抜き打ちに切って出た。

「よいしょ」

と見た喜太郎のてんびん棒が、それより早く空を切って、びゅんと傷定の肩へおどった。たかがてんびん棒一本でも、荒海で育った喜太郎の腕力だから、肩の骨がくだけるばかり。

「わあっ」

傷定はたわいもなく前へ突んのめっていく。

「うぬッ」

佐助がうろたえぎみに長脇差を引き抜こうとしたときに、もうおそい。

「そうれ、一本」

矢のような突きが佐助のみぞおちへきまったのと、

「あれえ、喜太さん」

お品がありったけの悲鳴をあげたのと同時、――それまであっけにとられて座敷にぽかんと突っ立っていた権太が、突きを入れて喜太郎の体勢が斜めに背をそっちへ向けたとたん、しめたとばかり上から拝み打ちに長脇差をふりかぶったからだ。

が、そんなことをうっかりしているほどけんかなれていない喜太郎ではなく、佐助に突きをくれたてんびん棒はつばめがえしにさっとうしろをなぎあげていたので、権太は刀をふりおろすひまがなく、そのあいた胴へしたたかてんびん棒をくらって、

「わっ」

どすんと土間へころげ落ちていた。

それはほんの一瞬の乱闘で、悪党三人は三人ともあざやかにたたきのめされて気を失っている。

「あれえ、とうとうまたやっちまった」

喜太郎は土間へながながとぶっ倒れている三人をちらっとながめてから、急に気がついたように、

「おやじさま、かんべんしてくだせえまし。つい、てんびん棒があばれたです。すみません」

これもあぜんと店へ立ちつくしている磯吉にぺこりと一つおじぎをすると、あけっぱなしの門口からすたこら雪の表へ逃げ出そうとする。

「あっ、喜太さん」

びっくりして、夢中ではだしで飛び出したお品が喜太郎をつかまえたのは、ちょうど往来へ出ようとする軒下《のきした》で、

「いやだ、いやだ、帰っちゃいやだったら」

うしろから抱きすくめるように首っ玉へしがみつき、身もがきして、我ながらどうしていいかわからないお品だ。

目の前を粉雪がまだうずをまいて降っている。

嫁しらべ

恵比寿屋の番頭に住み込んだ喜太郎の毎日はなかなかいそがしい。

恵比寿屋は馬喰町でも上旅籠のほうで、のれんが古いからなじみ客が多く、公事《くじ》商用で出てくる客、江戸見物の客など四季を通じて絶えず、短くてもたいてい、二、三日、長いのは半月一ヵ月と逗留《とうりゅう》していく。客はみんな朝飯をすませて、それぞれ用たしに行き、夕がた帰ってくるから、宿屋のいそがしいのは朝と晩で、

まるで戦場のようだ。

番頭になったとはいっても、喜太郎はまだ新まいで追いまわしだから、なんでもやらなくてはならない。朝に客の床あげからはじまって下足番、客がみんな出ていってしまうと、へやのそうじから店のそうじ、膳下げもてつだえば、ふろたきもやる。夕がたから夜にかけては、客の送り迎えから膳運び、床敷き、読み書きそろばんができるからその間には帳場もてつだうし、宿帳つけにも出る。客に用をたのまれれば、走り使いもしなければならない。

自分から用をさがして働けば、いくらでも用はあるが、いやならなんにもやらなくてもいい。番頭に住み込んだとはいっても、

「働くところがなければ、うちで働いてみるのもいいでしょう」

そう親切に金兵衛がいってくれたことばにあまえて、自分から番頭にしてもらったので、まだ給金もきまっていなければ年期もきめていない。つまり、奉公人ではなくて、恵比寿屋のいそうろうなのだ。金兵衛のほうでも、おそらく親類の道楽むすこを当分あずかったつもりで、いつまでつづくか、つづけばたいしたものだと様子を見ているのだろう。

が、喜太郎は自分からまじめに働く気で、人間修業のため番頭においてもらっ

たのだから、骨身を惜しまずよく働いた。これからも、なんとか身の振り方がきまるまでは、いっしょうけんめい働くつもりである。

ただ一つ喜太郎が困るのは、自分がいっしょうけんめい働いているのに、恵比寿屋のわがままむすこ金五郎がなんのかんのといってはときどき遊びにひっぱり出そうとすることである。

きょうもおおかたの泊まり客を送り出して、喜太郎が店の腰高障子をせっせとみがきこんでいると、金五郎がふところ手をして、ふらりとうしろへ立った。

「番頭、なにをしているんだえ」

「へえ、障子をふいていますんで」

きたなと思ったから、喜太郎はわざと振り向きもせずに答えた。町はまだ十五日をすぎたばかりだから正月気分で、手のあいた女中たちが往来へ出て追い羽根に興じている。どこからか三河万歳の鼓の音ものどかに聞こえていた。

「いいかっこうだな、喜太さん。この寒空にじんじんばしょりで手をまっかにして、やもりみたいに障子につかまって、兼田のお品ちゃんが泣いてるって話だぜ」

「そうでござえますかねえ」

「うちへきてくれれば、ちゃんとこたつへ入れて、寒い風にもあてないようにたいせつにするのに、喜太さんはなにがよくて、恵比寿屋の番頭なんかになって、手をまっかにしているんだろってね」

「これおれの道楽だと、ついでのときそういっておいてくだせえまし」

「知らねえんだな、喜太さんは」

「へえ、なんにも知らねえです」

「あたりまえよ、まだなんにも話しゃしねえ」

「道理でなんにも聞こえなかったです」

「よせよ、掛け合いばなしをやっているんじゃねえや」

金五郎は寒そうに足ぶみをしながら、

「ときに喜太さん、おれ、こんど嫁をもらうことになりそうだぜ。知ってるか」

と、突然いいだす。

「そりゃどうもおめでとうごぜえます」

「うらやましいか」

「うらやましいです」

「じつは、これからその嫁を見に行くんだが、喜太さんいっしょに行ってくれねえかな」

「嫁は若だんながもらうんでしょう。おれが顔を見たってしようがねえもんな」

「そいつは少し薄情じゃねえか、おれははじめ兼田のお品を嫁にもらいたかったんだ。ところが、お品には変な虫がついちまって、おれなんか見向きもしねえ」

「おきのどくさまでごぜえましたね」

　喜太郎がくすりとわらう。

「わらいごとじゃねえや。くやしいから、おれはこんど、やっと代わりを見つけたんだ。その嫁の顔を、一度ぐらい見てくれたってばちは当たらねえぜ、喜太さん」

「あれえ、そのお嫁は若だんなが自分で見つけたんかね」

　喜太郎ははじめてぞうきんを放して立ち上がった。

「あたりめえよ。おれの嫁だから自分で見つける。文句はいわせねえよ」

「じゃ、まだ親ごさんたちはなんにも知らないんかね」

「知らねえよ。だから、喜太さんに一度会ってもらって、よかったらおやじやおふくろに話をつけてもらいたいんだ。行ってくれよ、喜太さん。本気なんだぜ、おれは」

「そのお嫁ってのは、若だんな、どこかの娘さんかね、それとも商売女かね」

「そいつは見てのたのしみってことにしてもらいてえな」

口をにごすところを見ると、どうやら商売女らしい。

「もし、おれが見て、この女は若だんなのお嫁に向かないということになったら、あきらめるかね、若だんな」

「冗談いっちゃいけねえ、おれがそんなけちな女にほれるもんか、器量だっておれ品よりずっといいし、だいいち心意気がうれしいや。若だんなといっしょになれなけりゃ、あたしはいっそ死んじまいますっていうのぼせ方なんだ。冗談にも別れるなんていってみねえ、おれは人殺しにならなけりゃならねえ。喜太さんはおれに人殺しがさせてえのか」

困ったことになったぞと、喜太郎は思った。金五郎はわがままで、一本気で、女にほれっぽい。相手が商売女だとすると、金五郎がうぬぼれているほど、先方は金五郎にほれているのではなく、稼業《かぎょう》がら金持ちの若だんなと見て、金を巻きあげようとかかっているのかもしれないし、たとえほんとうにほれあっていたとしても、そういう女では物堅い金兵衛がすなおにうむといってせがれの嫁にするかどうか、それも心配になる。

「若だんなは案外そそっかしいでね」
「なにがそそっかしいんだ」
「気を悪くしちゃ困るけど、お品のときもそうだった。おれに首ったけだという
から、そうかなと思っていると、お品のほうではそれほどでもなかった」
「喜太さん、おまえおれに恥をかかせる気か。お品のときは、おまえというじゃ
ま者が飛びこんだから、せっかく首ったけになりかけているお品の気が変わった
んじゃねえか」
「じゃ、こんどのはほんとうに首ったけなんかね」
「まあ会ってみてくんな。ただの首ったけとは違うんだから」
「ふうむ。まさか、ろくろっ首じゃないだろうね」
「おれ、ほんとうにおこるぜ、喜太さん」
「わかった、わかった。いまいっしょに行くから、ちょっと待ってもらうべ」
喜太郎はわらいながら、手おけの水を往来へまいてそれをさげ、台所口へまわ
ってきた。金五郎がそんなに夢中になっている女なら、一度会ってみてやろう。
それが悪い女のようなら、金五郎のためにも、恵比寿屋のためにも、忠告してや
るのがほんとうの友情だと考えたからである。

が、今はともかく恵比寿屋の番頭なのだから、黙って家を出るわけにはいかない。ちょうど主人金兵衛はるすだったので、もっとも金五郎はうるさい父親がるすだから、人のいいおふくろさまをまるめこんで逃げ出すところなのだろうが、喜太郎は一番番頭の藤助《とうすけ》に、ちょっと若だんなのお供をしてきますからとことわって、羽織を着て表へ引きかえした。

「さあ、お供すべ。どこへ行くんだね、若だんな」

「いいから、黙ってついてきてくんな」

金五郎はうれしそうに、さっそうと広小路のほうへ歩きだす。やがて、その広小路を突っ切って、柳橋のほうへはいっていくので、さては柳橋の芸者にでもなじみができたのかなと思っていると、橋をわたってすぐ川っぷちを左へ切れ、さっさと兼田へはいっていこうとする。

「さあ、わからねえ」

「心配しなくてもいいぜ。お品を横取りしようというんじゃねえ。船で行こうというんだ」

にやりとわらってみせる金五郎だ。

いやがらせ

　喜太郎は、あの七草の雪の晩、兼田で石巻の佐助たち三人の悪党をてんびん棒でたたき伏せて逃げ出したが、その翌日、磯吉の迎えをうけて、お品と三人で深川の寺へ島吉の遺髪を葬《ほうむ》りに行った。

　そのときたたき伏せた三人は、お上《かみ》へ突き出せば、軽くても遠島、重ければ死罪をまぬがれないところだが、磯吉はそれをしなかった。島吉の供養《くよう》のために逃がしてやったのだといっているが、その事実を荒だててもし喜太郎の名が出ると、喜太郎にはけんか凶状《きょうじょう》がある。とばっちりがかかってはたいへんだと考えて、穏便にすませたのだろう。

　それがあるから、翌日も寺の帰りに喜太郎とお品を永代《えいたい》の船宿大島屋《おおしまや》へ待たせておいて、自分だけひとり、八百鉄の家へみすみすかたり取られるとわかっている島吉の借金の残り五十両をかえしに行った。

「おとっつぁん、ひとりで行ってだいじょうぶかしら」

大島屋の二階でこたつにあたりながら、お品がしきりに心配する。

「だいじょうぶだとも。ゆうべの三人は助けているんだし、五十両という大金を、わざわざこっちから返しに行くんだもんな。それでおこるやつがあったら、その野郎はよっぽどどうかしているんだ」

喜太郎はのんきにわらった。

「だって、よっぽどどうかしている八百鉄だから、にいさんが借りもしない百両を、おとっつぁんから取ろうと、難題を吹っかけているんじゃないかしら」

お品はなかなか頭のいいことをいう。

「ああ、そうか。八百鉄は金よりお品さんがほしかったんだっけな」

「そんなこといっちゃいやだったら」

「ごめんなせえまし。お品さん、きれいすぎるからな」

その日は法事だから、なるべくじみ好みにはしていたが、きちんとよそゆきに着替えて、髪も結《ゆ》いたてだし、さし向かいにこたつにあたっているお品は、まぶしいほどきれいに見えた。ただきれいだけでなく、恋をしているお品の二十一というからだには、あふれるようないろっぽさが見えるのだ。いや、相手が喜太郎だからわざとそれを見せていると、喜太郎にはちゃんとわかってもいる。

「あたしねえ、ゆうべ喜太さんがどうしてちょうどよく、あんなところへ来あわせてくれたか、ふしぎでたまらないんです」

「ふしぎなことなんかあるもんか」

「あら、どうして――」

「馬喰町と柳橋とでは、つい目と鼻の間でごぜえますからね」

「そうよ。だからあんた、毎日一度はにいさんのところへお線香をあげにきてくれたってよかったんだわ」

お品はだんだん大胆になってきて、からみつくような熱ぼったい目をする。もっとも、ゆうべは雪の中で、うしろから首っ玉へしがみついて、ほおずりまでしてしまったのだから、いまさらほれているのを隠したってしようがないと、もう度胸をきめていたのだろう。

「あれえ、お品さん知らねえんだな」

「なにをさ――」

「石巻の佐助や権太が、はじめにあいさつにきたのは、正月の三日のことでごぜえましたね」

「そうよ」

「あの翌晩から、おれ毎晩一度は兼田の表までお線香をあげに通っていたです」

「あら」

「野郎たちは八日の暮れ六つといっていた。けど、いつふいにお品さんをさらいにくるかわからない。ことに、ゆうべはあの雪で、なんだか今晩はくさいと思ったから、しばらく屋根船の中へかくれて、様子を見ていたです」

だから、喜太郎があそこへ飛び出したのは、けっして偶然ではなかったのだ。

「喜太さん」

お品がふいに立って、こっち側へまわってきた。

「それなら、それならどうして毎晩、あたしに声をかけてくれなかったんですよう」

腕をつかんで、くやしそうに目にいっぱい涙をためている。

「知らないから、あたしあんたがそんなに寒い思いをしていてくれるのに、こたつにあたっていたかもしれないじゃありませんか。くやしい、あたし」

「そんな遠慮はいらねえだ。おれ、たぶん今ごろお品さんこたつにあたっているだろうなと思って、自分まであったかかったです」

それは喜太郎の偽《いつわ》らざる告白だった。

喜太郎はお品を八百鉄に取られたくないから、毎晩兼田を見張りに行ったのである。いわば喜太郎もまた恋ねこになっていたのだ。

「ほんとう、喜太郎さん。あんたそんなにあたしのこと思っていてくれるの」

「うむ。おれ恋ねこかもしれねえな。恋ねこってものは、自分の雌《めす》をほかのねことられたくねえから、夜っぴて見張りをしているもんだ」

「うれしい、あたし。抱いて、喜太郎さん」

その日は正面から堂々と首っ玉へしがみついてくるお品のからだを、

「こうかね」

と、喜太郎はがっしりと胸へ抱いて、それだけでは気がすまず、思わずくちびるへかみついていた。

——あれえ、おれほんとうにねこになったかな。

喜太郎は我ながらちょいとびっくりしたが、お品がぐったりと目をつむって、息をはずませながら急におとなしくなってしまったので、いい気になって、何度も何度もそのかわいいくちびるへかみついてやった。

「お品、おれの嫁になるか」

「なるわ」

「おれ、凶状持ちだぞ」

「あたし、地獄でも、どこへでも、いっしょに行く」

とろんとした甘ったるい声だった。

「ああ、かわいい。おれのお嫁だ」

もう一度ぎゅっと抱きしめながら、喜太郎はふっと気がついた。

「さあ、たいへんなことをしてしまったです」

「どうしたの」

「きょうは島吉兄貴のおとむらいの帰りだった。こんなまねしちゃばちがあたる」

「いいのよ。にいさんきっとよろこんでるわ」

「だいいち、おやじさまに黙って、お品ちゃん抱いちまっては申しわけねえです」

「おとっつぁん、こうなるの、もう承知してるわ」

「さては見抜かれちまったかな」

「こうなって悪ければ、若い者をふたりっきりおいて、出かけやしないもの」

やっぱりお品のほうが頭もいいし、度胸もすわっているようである。

ふたりはかたく夫婦約束をして、おとっつぁんにはいずれ喜太郎が堅気《かたぎ》で身の立つようになってから話そう、それまではおたがいにいたずら者になるのはよそうと、その日はきれいないいなずけの仲で別れた。その日以来、といってもまだ十日にならないのだが、喜太郎ははじめて兼田の敷居をまたぐのである。

「あら、若だんな、いらっしゃいまし、喜太さん、お供ですか」

店の炉ばたにいたお品が、すぐに立ってきて、如才《じょさい》なく迎えながら、ちらっと喜太郎の顔を見てにっこりする。そのにっこりがどうしても特別になるのは、ただの仲ではないのだからまたやむをえない。

「けっ、いやらしい色目だなあ」

さっそく金五郎がかみつく。

「すみません。つい胸におもいがあるもんですから」

お品も金五郎には遠慮をしない。

「あれだ。娘なんてものは男ができると、こうもずうずうしくなるもんかな」

「あら、違いますわ、若だんな。あたしこのごろとてもおとなしくなったって、おとっつぁんにほめられているんです。やっぱり、いい人ができて、安心して、おちついたからなんですね」

「かってにしやがれ」

「さあ、どうぞお上がりになって――」

「きのどくだが、きょうはそうはいかねえ」

「あら、どうしてなんです」

「さっそく船のしたくをしてくんな、いつも喜太公に見せつけられるから、きょうは見せつけに出かけるんだ」

「あら――」

お品はほんとうにがっかりした顔になる。

「ああ、きのどくだ。どうもきのどくでたまらねえ」

「どこへ行くの、喜太さん」

「おれ、お供だから、どこへつれていかれるかわからねえです。わかっているのは、若だんながお嫁にしてえ女ができた、ぜひ見てくれっていうから、出かけてきたんでね」

「じゃ、お見合いってわけ」

「そのとおりだよ」

金五郎が引き取って答える。

「行く先はどこなんです」

「猪牙《ちょき》で行くのは深川がよいとね、歌の文句にあるとおりさ」

「すみませんが、喜太さんだけおいていってくださいな、お見合いなら若だんながなさればいいんでしょ」

「そうはいかねえ。きょうはおれがどんなにほれられているか、喜太公に見せつけてやらなくちゃ承知できねえ。喜太公は、女にほれられるのはおれひとりだと、うぬぼれていやがるんだ」

「そんなことありません。こんないなかっぺにほれるの、あたしひとりぐらいのもんですわ。そんなにうらまないでくださいまし」

「いいから黙って船を出しな。そのかわり、帰りにはゆっくりたのしませてやらあ」

　金五郎も少しきのどくになったものとみえる。

「どうしても行くの、喜太さん」

「おれ、番頭で、お供だもんな」

「じゃ、いま気つけ薬持ってくるわ、当てられるとたいへんだから、ほんとうに用心してくれなくちゃ」

お品はいそいで茶の間へはいっていく。

「あれあれ、ほんとうに気つけ薬を取りに行ったぜ」

さすがの金五郎も目を丸くしてしまった。

気つけ薬

喜太郎が恵比寿屋の番頭になってしまったので、これだけはお品の思いどおりにはいかず、兼田では新しく久吉《ひさきち》という若い船頭を雇っていた。

「若だんな、船のしたくができやした」

久吉に声をかけられて、よしきたと、金五郎は先に船へ行く。

「あんた、はい、気つけ薬――」

お品が茶の間から走り出てきて、土間へおり、喜太郎の手を取って、その手に握らせたのは、どうやら金包みらしい。たとえきょうは若だんなのお供でも、普通の奉公人とは違うのだから、お品はわがたいせつな男に金でひけめはとらせたくない心なのだろう。

「金なら、おれだって用意している。心配しなくてもよかったのに」

「いくらあったって、じゃまにはならないでしょ」

店にはだれの人目もないから、お品は握った男の手をすぐには放そうとしない。

「うわきしちゃいやですよ」

「なにいうだ。おれにはここに、ちゃんといるでねえか」

「なにがいるの、喜太さん」

「かわいい嫁っ子がさ、くちびるかんでやるべか」

「いやだ、人が見るもの」

そうはいいながらも、うれしい仲だからかんでくれるのを待っているような熱ぼったい目だ。

十日も会わなかったのだから、喜太郎もなんだか胸がわくわくする。

思いきり肩を抱きよせて、くちびるへ吸いついて、かっとからだじゅうが熱くなってくる。

「かわいいおれの嫁っ子――」

「ねえ、十日も顔を見せてくれないなんていやだわ、薄情なんだもの、あんたは」

「がまんしているんだ。おれだって会いてえ。けど、用もないのに敷居をまたぐのは、おやじさまに恥ずかしいもんな」

「だいじょうぶよ。おとっつぁんきっと知らん顔していてくれるわ」

「じゃ、こんどそっと泊まりにくべ」

「いいわ、もうご夫婦なんだもの、かまやしないわ」

お品は自分にいってきかせるように、甘ったるい声を出しながら、顔をまっかにする。

なにもかも許す、どうされてもうれしい、そう誓っているような情熱的な目を見ると、喜太郎はもう一度、その燃えるようなくちびるへかみついていかずにはいられなかった。

「さあ、もう行くべ。若だんなが待ちかねているもんな」

やっと抱いていた肩を放すと、

「帰りに、ほんとに寄ってくれる」

と、お品はまだたもとをつかんで、なごり惜しそうだ。

「寄るとも、今夜は泊まっていくべ」

「うれしいわ」

あんまりうれしがっているると、ついまた別れたくなくなってくるから、喜太郎は思いきって表へ出た。

前の桟橋《さんばし》をとんとんとおりていくと、待っていた屋根船の障子ががらりとあいて、

「番頭、いつまで待たせやがるんだ、いいかげんかぜをひいちまうじゃねえか」

と、金五郎がやけにどなりつけた。

「すみませんです。いま気つけの薬をのませてもらっていたで、ついおそくなったです」

「バカにするねえ、ここでおまえが気つけ薬をのむことはなかろう。おれのほうがのみてえぐらいのもんだ」

「若だんなは、あちらへいらしてから、気つけ薬でも、のぼせ薬でも、たんとのませておもらいなさいまし」

送って出たお品が澄ました顔でいって、喜太郎を見ながらくすりとわらった。

「かってにしやがれ」

ぴしゃりと、金五郎が障子をしめきる。

「船頭さん、ご苦労さま」

喜太郎は、久吉をねぎらいながら、船へ移った。

「行ってらっしゃいまし」

稼業《かぎょう》のしきたりで、お品はそうあいさつしながら、ふなべりへ手をかけて押し出すようにする。

それが合い図で、

「お客さん、出しやす」

と、船頭が棹《さお》でぐいと岸を一つ突く。ゆらりと船が岸離れした。そのまま巧みに船頭は棹を使って、船はたちまち柳橋の下へかかる。

喜太郎はまだ桟橋の上にすらりと立って見送っている絵にかいたように美しいお品に、手をふって別れを告げ、お品が白い手を振って別れを惜しむのをいとしいと見てから、静かに船房へはいった。

「喜太さん、おまえほんとにお品に気つけ薬をのませてもらったのか」

あんかにはいっていた金五郎が、わらいながらきいた。

「うそではねえです」

喜太郎もさし向かいにあんかへはいりながら、にこりとして答えた。

「いったい、どんな気つけ薬をのまされたんだ」

「いわねえです」

「いわねえ、――どうしてよう」

「恥ずかしいです」

「おかしいな。薬に恥ずかしい薬なんてあるのか」

「あるようでごぜえますね」

「もったいぶらねえで、いってみろよ、恥ずかしいってがらじゃないじゃねえか」

「そんならいうかな」

「いってみな、どんな気つけ薬なんだ」

「つばきみたいなもんなんだ」

「つばき――」

「うむ」

「湯のみでのむのか」

「ちがうだ。お品が口うつしでのませてくれたんだ」

「なあんだ。こんちくしょう、バカにするねえ」

金五郎が、どすんとあんかの上をなぐりつける。

「うわきしちゃいやだって、お品のやつ、おれのくちびるへかみついて放さねえんだ」

喜太郎はそっと口のあたりをなでまわしてみせる。

「わあッ」

金五郎はたまらなくなって、あおむけにひっくりかえってしまった。船は大川へ出たのだろう。棹が櫓《ろ》にかわって、さざなみがひたひたと、ささやくようにふなばたを打っている。

「冗談は別としてな、喜太郎さん」

金五郎がむくりと起き直って、しんけんな顔をした。

「兼田のおやじはこのあいだ、残りの五十両まで八百鉄にかえしたんだってな」

「うむ、かえした」

「野郎、平気でその金を受け取ったのか」

「そりゃ受け取るさ。そんなことを遠慮するような悪党じゃなさそうだ」

「ひでえやつだな。喜太さんがひっぱたいた石巻の佐助と、傷定はどうしたろう」

「あのふたりは、江戸をずらかったようだ。凶状持ちだから、事が表ざたになると、おなわものだからね」

「権太は――」

「さあ、野郎まだ八百鉄の家にいるんだろう」

「どうも気に入らねえな。というより、おれは少し気になることがあるんだ」

一本気の金五郎の目が、だんだん光りだしてくる。

佐賀町《さがちょう》の家

喜太郎と金五郎をのせた久吉の船が深川永代の橋詰めの大島屋の桟橋へついたのは、やがてもう昼すぎごろであった。

大島屋はこのあいだの八日の日、おやじの磯吉が八百鉄のところへ五十両の金をかえしに行って帰ってくるまで、その二階で喜太郎はお品とふたりきりで長いこと待たされ、それをいいことにして、

「おとっつぁんは承知だわ。それでなくて、若いあたしたちをふたりきりで、こんなとこへ待たせやしないわ」

と、かわいいお品のほうから首っ玉へしがみつかれ、こんどはこっちからそのくちびるへかみついてやったりして、喜太郎にとってはとてもうれしかった思い出の船宿だ。

そんなことは少しも知らない金五郎は、出迎えに出た中年のおかみさんに、

「帰りに寄るぜ」

と、声をかけておいて、あっさり往来へ出てしまった。

その往来を右へ行けば、いわゆる辰巳とよばれる深川の色町、左へ行けば佐賀町、もっとも大島屋のあるところも佐賀町になっている。若だんなの金五郎は右へ行くと思いのほか、さっさと左へ歩きだした。

「あれえ、若だんな、道がちがいやしねえかね」

「ちがわねえよ」

「じゃ、若だんなに首ったけだ、お嫁にしてくれなくちゃ死んじまうって騒いでる女は、芸者さんじゃないんかね」

「きのどくだが、恵比寿屋の嫁にしようって女だ、そんなあばずれ女は選ばないよ」

「なるほど、むてっぽうでずぼらのようでも、やっぱり若だんなは考えている。

おれ、感心しました、見直したです。じゃ、どこかの娘さんなんだね」

「冗談いいなさんな。そんな青くさいのはおれにゃ向かねえよ」

「あれえ。じゃ、どこかの女中さんかね」

「バカにするねえ。ひびやあかぎれの切れた女なんか、おれはまっぴらだ」

「若だんないくら好きでも、人のおかみさんだけはいけねえぞ」

喜太郎はなんとなく心配になってきた。

「おれは間男《まおとこ》はしねえ。安心して、黙ってついてきな」

若だんなはひとりでにやにやわらっている。とてもうれしそうだ。

――人の心配をしたってつまらない。もうよそう。

と、喜太郎は思った、たのしいことは喜太郎にだってあるのだ。

おれの嫁っ子は、このあいだの大島屋の二階で、うれしい、あたし、夢みたいと、いいにおいのからだじゅうをでれでれにして、おれに抱かれていたもんな、現にさっきだって、そんなに寂しければこんど泊まりにきてやるべかといったら、お品のやつ、熱ぽったい目をして、いいわ、もうご夫婦なんだものって、ほんとにおれを泊める気でいたっけ。

それを思い出したとたん、喜太郎はつい自分もでれっとなって、我にもなくにやりとしてしまった。

「おや、わらったな、喜太さん」

目ざとく金五郎が見とがめる。

「すまねえです」

「おれをバカにする気なんだな」

「ちがうです。若だんながひとりでうれしそうに思い出しわらいしたから、おれもお品のことを考えて、思い出しわらいしたです」

「どんなこと思い出したんだ」

「いわねえです。罪だもんな」

「あれ、またわらってやがる。いやなやつだな。いえよう、喜太公」

「若だんな、気つけ薬持ってるかね」

「あっちへ行けば、おれの女がいくらでもくれらあ」

「じゃ、いってみるかな」

「まだもったいつけてやがる」

「お品のやつ、このあいだ大島屋の二階で――」

「ちょっと待った。それはいつのことだ」

「八日の日に、三人でお寺へ行ったときです」

「じゃ、おやじもいたんだな」

「それが、おやじさまはまだ八百鉄のとこへ行って、帰ってこなかったです」

「ふたりっきりでか。そいつはあぶねえ」

「ほんとにあぶなかったです」

「なんだと――」

「お品のやつ、おれのひざに抱かれて、とろんとしちまって、もうご夫婦もおんなじなんだもの、といったです。ほんとにあのときはあぶなかったです」

「それから――」

「もうそれだけでごぜえます」

「うそをつけ。そんなとこまで行って、それっきりって話があるもんか」

「ほんとうをいうと、もうほんのちょっぴり、その先があるんです」

「そうれみろ。そいつを白状しろ」

「若だんな、気つけ薬がなくてもだいじょうぶかね」

「あっちへ行ってもらうから、だいじょうぶだっていっているじゃねえか」

「それまで持つかな」

「まあ、いってみな」

「そのときおれが、お品のからだをぎゅうっと抱きしめて、かわいいお品の耳にかみつきながら――」

「待った」

「もう少しだから、その先をいわしてもらうべ」

「聞かなくたって、そのあとはもうわかってらあ。バカにするねえ」

「そうぷんぷんするところを見ると、若だんなはその先を誤解してるようだな」

「なんだと――」

「女ってものは、妙ないたずらすると、すぐ身持ちになりたがるもんだ」

「あれえ、お品は身持ちになっているのか」

「あわてちゃいけねえです。お品はそのとき、喜太さんの赤んぼなら、身持ちになってみたいっていってくれたが、それだけは祝言《しゅうげん》してからにすべ、いたずら者にはなりたくないからとおれはお品をなだめて、またくちびるをかんでやって、きれいないいなずけの仲で別れたです」

「なあんだ、いやに気をもませやがったな。けど、喜太さん、そのときはおまえ、ほんとにふたりっきりでいたんだろう」

「うむ。まさかおやじさまの前じゃ、耳をかんだり、くちびるをかんだりはできねえもんな」

「だからよう、ふたりっきりで抱きついて、そんなまねまでしながら、おまえよくそれだけですませたもんだな」

「おかげで、ひどくほねがおれたです」

「おきやがれ。聞いてるおれのほうが、よっぽどほねがおれらあ」

気の合った若い者どうし、かってなことをしゃべりあいながらたのしく下《しも》ノ橋《はし》をわたる。まもなく右へ曲がる横町が見えてきた。

「ここを曲がるんだ、喜太さん」

「どこへでも好きなとこへ曲がってくだせえまし」

その横町の右側の何軒めかに、こいきな格子《こうし》のはまった玄関があって、金五郎はおほんと一つせき払いをしながら、その格子をがらりとあけた。

この辺は軒並《のきな》みそういったしもたや続きの閑静な横町で、中には見越しの松に黒板べいといったのも目につくから、おもに芸人、おめかけ、通い番頭、そんな種類の人たちが住んでいる一角なのだろう。

「師匠、いるかえ」

「どなた――」

奥から立ってきて、さらりと障子をあけ、

「あらまあ、若だんな、よくいらしてくれましたね。うれしいわ。さあ、どうぞお上がんなすって」

甘ったるい声を出しながら、手を取らんばかりに出迎えたのは、年ごろ二十二、三とも見える、いかにも遊芸の師匠といったぞろりとした身なりの、すごいような美人だ。

――なるほど、若だんなのほれそうな女だ。

格子の外に立っている喜太郎はひと目で見てとりながら、しかしお品とは段違いだなと思った。お品は町娘だから純潔で生地からきれいなのにひきかえ、この女は装いをこらし、こびを作っていつも男をとろかそうとかかっているふうがありありと見える。美人には美人だが、なんとなくはでで、不健康で、下品なところがある。

「お連れさんですか、若だんな――」

女も目ざとく格子の外の喜太郎を見て、金五郎にきく。

「うむ、うちの番頭だ。お目付役でね、おやじからいいつかったといって、きょうはどうしても離れねえんだ。なあに、おとなしいから、表で待たせておけばいいんだ」

　金五郎はそんなひどいことをいう。まるで人を犬あつかいだ。

「かまわないじゃありませんか。外は寒うござんすもの、上げておやんなさいよ」

「そうか。じゃ喜太公、こっちへはいれよ」

「番頭さん、おはいんなさいな」

「へえ」

　きょうは嫁しらべにきたのだから、喜太郎は遠慮なく入れてもらうことにした。

白ぎつね

　玄関をあがって三畳、その奥が六畳の茶の間になっていて、ちゃんと置きごたつがこしらえてある。長火ばちも茶だんすも安物ではなく、壁に三味線《しゃみせん》が二丁かかっている。その奥にもう一へやあるようだが、これはふすまがしめきってあって見えない。

「おや、若だんな、いらっしゃいまし」

そこにいたばあやが、ていねいにおじぎをする。

「ばあや、鼻紙でも買ってくんな」

金五郎はいくらかの紙包みをそこへ投げ出して、さっさと置きごたつへひざを入れる。

「いつもすみませんねえ、若だんな」

その横へ女もひざを入れながら、

「ばあや、寒いからすぐおしたくをしてね」

と、ばあやにいいつける。

「かしこまりました。若だんな、ごゆっくりなさいまし」

ばあやはいそいで台所へ立っていった。

「お師匠さん、若だんながいつもお世話になっています。おれ、恵比寿屋の番頭で喜太郎といいます。どうかよろしくたのみます」

喜太郎はこたつへはいれといわれないから、玄関のふすまぎわへすわって、あいさつをした。

「いらっしゃいまし。あたしは文字富《もじとみ》、いつも若だんなにお世話になっているんですよ」

「文字富さんといいますと、常磐津《ときわず》のお師匠さんでごぜえますね」

「ええ、ほんの少しばかし――」

「失礼ですが、若だんなの話だと、お師匠さんは首ったけだそうでごぜえますね」

喜太郎は遠慮なく顔を見てやる。

「あら、若だんなは、そんなことまで――」

文字富はしなやかなからだをくねらせるようにして、いろっぽく、金五郎をにらみ、こたつの中でその手がすばやく男のひざをつねったらしい。

「いてえっ」

金五郎はうれしそうにわらいながら、

「喜太公、ちょいとふすまのほうを向いていな」

と、あごをしゃくってみせる。

「へえ、こうでごぜえますか」

喜太郎がおとなしくふすまのほうを向いてすわると、

「いやだ、若だんなは。番頭さんの前で」

「かまわねえよ。あっちを向いてるからわからねえ」

「髪がこわれますってのに」

「あとで髪結《かみゆ》いを呼びにやりゃいい」

どうやら金五郎は女の肩を抱きよせたらしい。さっきさんざん道で当ててやったから、負けずに女のくちびるへかみついてみせようというのだろう。

「喜太公、こっちを向くと承知しねえぞ」

「へえ、気つけ薬持ってきたから、だいじょうぶでごぜえます」

「ふ、ふ」

と、女のわらう声がした。

「おとなしい番頭さん」

「いいから、もっとこっち寄んな」

「うれしいわ、あたし」

「こんどは耳だ」

「くすぐったいっていうのに」

あれえ、こいつはひでえことになりやがったと、喜太郎は苦笑せずにはいられない。

「うれしいか、お富」

「ねえ、若だんな、きっと夫婦になってくれますね」

「あたりめえよ」

「あれ持ってきてくだすった」

「うむ、持ってきた」

「きょうはゆっくりしてってくれるんでしょう」

「うむ」

「番頭さん、あとで先へ帰ってもらっちゃいけないの」

「いいとも」

「じゃ、あとでゆっくりね」

「身持ちにしてもらいてえか」

「ふ、ふ」

どうやらすっかりかたきを討たれてしまったようである。

「喜太公、もうこっちを向いてもいいぜ」

「ありがとうごぜえます」

もそりと喜太郎がそっちへ向き直ると、

「ごめんなさい、番頭さん」

文字富はわらいながら鬢《びん》にくしを入れている。

「どういたしまして。——あれえ、若だんな、ほっぺたに白いものがついているです」

「大きなお世話だよ」

「口に口紅もついているです」

「かまわねえよ。ほれた女のだからね」

若だんなはにやにやしながら、どんなもんでえといいたげな顔つきだ。ばあやが酒肴《しゅこう》のしたくをしてきて、こたつの上へならべる。喜太郎はあいかわらず、ひざのあたりの寒いふすまぎわにすわらせられて、ほんの二つ三つ杯をもらっただけだが、若だんなはこっちへ寄っていっしょにやれとはいわず、というより、喜太郎の存在などまったく忘れてしまったように、一つ杯を文字富とやったり取ったり、さしみを口へ入れてやったり、入れてもらったり、どうにもバカらしくて見てはいられない。

「若だんな、おれちょっとタバコを買いにやらしてもらいます」

「ああ、そうか。ゆっくり行ってきな」

金五郎はもう目のふちをとろんとさせて、まったくうわのそらだ。女は聞こえないふりをしている。

「それでは、ゆっくり買いにやらせてもらいますべ」

喜太郎はおじぎをして、文字富の家を出た。

——おどろいたなあ。

こんなにおおっぴらに当てられようとは、喜太郎も思わなかった。

しかし、男にしても、女にしても、人前でああたわいもなくでれでれするのは、あんまりみっともいいものではない。人のふりみてわがふり直せだ。お品にもよくいって聞かせて、おれはこれから人前ではきっと慎《つつし》もうと、喜太郎はしみじみと思う。

「いやだわ。あたし人前でなんか、あんたにでれついたこと、一度もないじゃありませんか」

お品はたぶんそういうだろう。それはたしかにそうにちがいない。お品のは思いうちにあふれて、目だけがときどきとろんとこっちを見とれているだけだ。その目が喜太郎にはとてもうれしいのだが、人から見ればやっぱりでれっとしたいやらしい目に見えるにちがいない。

「そんな無理いったって、あたしのはひとりでにそうなってしまうんだもの」

「そこを慎むのが、女のたしなみってもんだ。そのかわり、ふたりきりのときは、いつでもくちびるでも耳でもかんでやるべ」

「きっとね。じゃ、あたしこれから慎みます」

お品は勝ち気なうちにもとてもすなおなところがあるから、きっとそう納得するにちがいない。喜太郎はそんなことを考えて、ついにやりとしてしまった。

――あれえ、おれこそみっともねえや。

喜太郎ははっと我にかえって、きょうはそれどころじゃなかったぞと、顔をしめなおした。きょうは若だんなの嫁しらべにきているのである。お品のことはあとまわしにすべきだ。

さて、文字富という女だが、あれはただものではなさそうだなと、喜太郎は思う。あのでれつき方は、わざとやっているようなところが見える。

だいいち、そのでれつきのさいちゅうに、あれ持ってきてくれたと、金五郎にきいていた。あれとはたぶん金のことだろう。ほんとうに若だんなにのぼせている女なら、ああいううれしいとき、金のことなど考える暇はないはずだ。

それに、おれがタバコを買いに出るといったら、知らん顔をしていた。心のやさしい女なら、おせじにも、いいえ、ばあやにいいつけますからと、ひとことぐらい口に出なければならないところだ。いや、そんなことより、酒肴が出たとき、番頭さんもこっちへお寄りになったら、と必ずいいたくなるのが人情だ。

――お品なら、きっとそういうな。

いや、お品のことはあとまわしにしよう。どっちにしても、あの女はどうもくさい。

喜太郎はそう思ったから、佐賀町通りへ出て、タバコを買って、そこの中年のおかみさんに、

「ちょっとうかがいますが、その横町に、たしか文字富さんとかいう、若いきれいなお師匠さんが住んでいますね」

ときいてみた。

「ええ、いますよ」

「あのお師匠さん、いまはけいこ屋をやめているんですか」

「やめているようですね」

「ご亭主はないようだが、だれかのおめかけさんなんですか」

「さあ、なんでしょう」

おかみさんは顔にうすわらいをうかべている。

「こんなことといったら、おかみさんにわらわれるかしれねえですが、おれあのお師匠さんを見そめたです。よかったら、国へつれて帰って、おやじさんにたのんで、嫁にしてもらおうと考えているだが、どんなもんでござえましょう。もしおれがおかみさんの弟だったら、おかみさんはどういうでしょうね」

「さあ、困りましたね」

おかみさんは当惑そうにいったが、喜太郎がしんけんな顔をしているので、少しきのどくになったのだろう。

「ご近所の人のこと、あたしの口からはなんともいえませんが、あなたがほんとにそうお考えでしたら、二日三日の間、夜も昼もお師匠さんの家のまわりをそっと見ていてごらんなさいまし。そうすれば、ご自分でどうすればいいか、きっとわかりますよ」

なかなかうまい返事だと、喜太郎は感心した。

「ありがとうござえました」

礼をいって、表へ出て、もとの横町をゆっくり引きかえしながら、さあとんだことになったぞと、喜太郎は思った。おかみさんがああいうようでは、あの女には悪いひもがついている。そうでなければ、何人もの男を手玉にとって、それで暮らしをたてている白ぎつねか。いずれにしても、若だんながだまされていることだけは、もうたしかだ。

はたして、そのころ、文字富の家ではたいへんな一幕がはじまっていた。

行徳《ぎょうとく》の梅吉《うめきち》

「あの番頭さん、気がきいてるんですね、若だんな」

喜太郎が出ていって、ふたりっきりになると、文字富は金五郎のほうへつとにじり寄ってきた。それが当然のように若だんなは片手でやわらかい女の肩を抱いて、

「うむ、気がきいてるとも。あれであの男はなかなかいろ男でね、好いたどうしはふたりっきりがいちばんうれしいってことを、自分でやってみて、ちゃんと知っているのさ」

と、にやにやする。

「あら、あの番頭さんにもいいひとがあるの」

「うむ。ちょいとした女だが、女はすぐ身持ちになりたがるから、がまんするのにほねがおれたといってやがった」

「ふ、ふ。ねえ、若だんな」

「なんだ」

「あたしはもう若だんなのものなんだから、いつ身持ちになったってかまわないけれど、このあいだもいったとおり、あたしには悪い育ての母親がついていて、それと縁の切れないうちは、どうすることもできないんです。せっかくこうしてふたりきりになれたのに、あたしくやしいわ」

「だからよう、その育ての親には、五十両の手切れ金をやりゃいいんだろう」

「そうなんです」

「安心しな。その五十両は、それ、このとおり持ってきている。取っておくがいいや」

金五郎はふところから二十五両包みを二つ出して、気まえよく女の白い手へつかませてやる。

「まあ、うれしい。これ、あたしに、ほんとうにくださるんですか」

飛び立つような目をして見せる文字富だ。

「早くしまっときな。そいつがおれの結納《ゆいのう》がわりだ」

「恩にきます。若だんな。これであたし、やっとこれからはいやな思いをしないですみます」

文字富はその金を押しいただいてみせて、いそいそと立ち上がり、たんすの引き出しへしまった。

「さあ、若だんな。きょうはあたしにものませて。思いきり酔いつぶれてみたい」

もとの座へかえって、おおっぴらに金五郎にしなだれかかりながら、ちょうしを取りあげる。

「ようし、それなら三々九度の杯だ」

金五郎は右手で文字富の肩を抱き、左手で杯をほして酌《しゃく》をうけ、その杯を女の赤いくちびるへ持っていってやる。

「うれしいわ」

文字富がそれを干して、また酌をすると、こんどは金五郎がそれをのむ。

がらりと格子があいた。

「あら、番頭さんが帰ってきたわ」

「かまわねえよ。見せつけてやろう」

「でも、お床入りのときは帰ってもらいましょうね」

ふたりは喜太郎が帰ってきたのだと思っているから、そのままかまわず三々九度の杯をつづけていると、さらりと間のふすまがあいて、

「お富、こりゃなんのまねだ」

「あっ」

そこへ立ったのは喜太郎ではなく、ひげのそりあとの青い、いかにも苦み走った三十がらみのやくざふうな男だ。

「師匠、だれだね、この人は」

金五郎はまだ文字富の肩を放そうとはしない。

「あの、あたしのにいさんなんです。——ねえ、にいさん」

文字富が、しきりに目でたのんでいるのを、振り切るように、

「てめえは黙ってろ——おい、若僧、おまえはどこのなんて野郎だ」

と、すごい目をして金五郎をにらむ。

「おれは両国馬喰町の金五郎って男だが、そういうおまえは、どこのなんて野郎

だ」

「おれはこのお富の亭主で、行徳の梅吉ってえ者だ」

「お富の亭主——、ほんとうか、師匠」

文字富は当惑したようにうなだれてしまう。

「ふうむ。じゃ、おまえのいったたちのよくねえ育ての親ってのは、おふくろではなくて、じつはこの亭主のことだったのか」

金太郎にはほれた欲めというやつで、どうしても、この女が美人局《つつもたせ》をやるとは思えないのである。

「やいやい、若僧、人の女房と不義密通、間男を働いときやがって、たちのよくねえ亭主とはなんてえ言いぐさだ。この野郎、まだおれの女房の肩を抱いてやがる。その手を放さねえか」

「まあ、待ちな。おまえとはいま話をつけてやらあ。——おい、お富、ほんとうのことをいってくれ。おれはおまえが美人局をやる女とは思えねえ。この亭主とほんとうに別れたかったんだろう」

わが女房の顔をのぞくようにされては、行徳の梅吉も亭主としてもうがまんができなかったのだろう。

「こんちくしょう、人の女房といちゃついときやがって、なにをぬかしやがる」

いきなりおどりかかってきて、ぽかぽかと金五郎の頭をなぐりつけた。

「やりやがったな、野郎」

それでなくてさえけんかの早いむてっぽうな金五郎だから、かっとなってその胸倉《むなぐら》を取り、こっちもぽかぽかと梅吉をなぐりかえす。

「うぬっ、もう承知できねえ」

たちまちつかみあいのけんかになって、組んずほぐれつ、二、三回上になったり、下になったりしていたが、いざとなるとやくざが稼業《かぎょう》の梅吉のほうがはるかに強いらしく、とうとう金五郎はうつぶせられて、気が遠くなるほどさんざんにぶんなぐられてしまった。

「さあ殺せ」

「――あきれた野郎だな。間男を働いときやがって、その間男のほうがいばってやがる。お富、なにかなわはねえか」

「そんなものをどうするのさ、おまえ」

「この野郎を縛《しば》って、かごへのせて、恵比寿屋へかつぎこむのよ」

「そんなことまでしなくたって、もうかんべんしておやりよ。取るものは取ってあるんだし、もういいじゃないか」

けろりとして、文字富がそんなことをいっている。

――ああ、やっぱりぐるだったのか。おれは美人局にひっかかったんだ。

組み敷かれている金五郎は、はじめて女の心がわかると、目の前がまっくらになってきた。

「ただいまもどりました」

そこへ喜太郎が帰ってきた。

「あれえ、若だんな」

ざんばら髪で組み敷かれて、半分虫の息になっている金五郎を見ると、たぶんこんなことになりはしないかと心配していたところだけに、喜太郎ははっと胸をつかれずにはいられなかった。

「やいやい、てめえはだれだ」

金五郎の上へ馬乗りになっている梅吉が、たちまちおおかみのような目をして食ってかかる。

「お師匠さん、この男はだれだね」

喜太郎はわざとおおかみの相手にはならず、へやのすみにぼんやりと突っ立っている文字富のほうへきいた。

さすがに返事ができないらしく、文字富はそっぽを向く。

「この野郎、なんでおれのいうことに返事をしねえんだ」

梅吉はのそりと立ち上がる。

「おれは恵比寿屋の番頭だが、おまえさんこそだれだね。なんでうちの若だんなをこんなひどいめにあわせたんだね」

「ああ、恵比寿屋の番頭か。そいつはちょうどいいや。この野郎が今、おれの女房お富と間男を働いていたんで、このとおりしおきをしてやったんだ、いずれ恵比寿屋のほうへは、こっちから改めて掛け合いに出向くから、とにかくこの野郎をつれてかえれ」

梅吉はぐったりのびている金五郎を足で軽くけりながら、にくにくしげにいう。

「たぶんそんなことだろうと思った」

喜太郎はびくともしないつらだましいで、

「いまおまえさんは、師匠のことをおれの女房といったようだが、おまえさんはほんとうにこの文字富さんのご亭主なんかね」

と、念を押す目がなんとなく底光りをおびてくる。

美人局《つつもたせ》

「やいやい、いやに念なんか押しやがって、このお富がほんとうにおれの女房なら、てめえはどうしようっていうんだ」

行徳の梅吉はそこへ大あぐらをかいて、ぐいとおおかみのような目を向けてきた。そんな小悪党のすごみなどは、へとも思わない喜太郎だ。

「そんなら、こんどはお師匠さんにきくべ」

喜太郎は長火ばちに立てひざをして、ふてくされたようにタバコをふかしている文字富のほうを向いた。

「お富さん、この人はほんとうにおまえさんのご亭主かね」

お富はそっぽを向いて答えない。

「こんちくしょう、なんだって、てめえはそんなよけいなことをききやがるんだ」

梅吉ががんがんかみついてくる。

「よけいなことではねえです。おまえさんたちがほんとうの夫婦なら、この一幕は美人局ということになるんだ」

「なんだと――」

「その女の人は、さっき若だんなと口をなめたり、耳をなめたりしあったとき、べつに亭主があるとはいわなかったです。亭主のある女がほかの男とそんなまねをすれば、不義密通だもんな。うちの若だんなは女にほれっぽいが、けっして亭主のある女に手を出す男ではねえです」

「なにをぬかしやがる。現におれの女房に手を出しているじゃねえか」

「それはその女の人が、あたしは亭主持ちだと若だんなにいわなかったから、つい若だんながひっかかったです」

「じゃ、てめえはこのお富が悪いっていうのか」

「悪いです。亭主のあるのをかくして、若だんなにほれたんなら、おまえさんは自分の女房もいっしょになぐっているはずだ。それをなぐらずに、うちの若だんなだけをこんなめにあわせるのは、おまえさんたちぐるで美人局をやったとしか思えねえ」

「こんちくしょう、おれが黙っていりゃいい気になりゃがって――ようし、こうなりゃしようがねえ。お恐れながらとお奉行さまに訴えて出て、恵比寿屋の屋根へぺんぺん草をはやしてやるから、そう思え」

「そのまえに、おまえさんは、ほんとうのところ、自分の女房が憎くないのかね。この女の人は、さっきおれの見ている前で、若だんな、うれしいわといって、若だんなにかじりついて、くちびるを吸わせていただ」

「お富、てめえそんなまねまでしたのか」

さすがに梅吉は、世にも苦い顔をして、文字富をにらみつける。女はそっぽを向いたまま相手にならない。亭主としてはさぞつら憎い顔だろうに、それでも梅吉は、それ以上どなりつけようとも、なぐろうともしないのだ。

「ははあ、おかみさんがなぐれないところを見ると、やっぱりぐるだな」

喜太郎はなかなか意地が悪い。

「うぬッ、もう承知できねえ」

かっとなった梅吉は、いきなり喜太郎におどりかかった。ぽかぽかとなぐりにきた。

「なにをするんだ」

とっさにそのこぶしの手をつかみとめた喜太郎は、

「八つ当たりをしなさんな。おまえさんのなぐりたいのは、不義を働いたおかみさんのほうじゃないのかね。まちがわねえでもらいますべ」

と、軽く突っ放した。金五郎などとは段違いの腕力だから、梅吉はまるではじき飛ばされたように、どすんとそこへ大きなしりもちをつく。

「くそッ、やりやがったな」

むしゃくしゃ腹のところへ、女の見ている前で子どもあつかいにされた梅吉は、もうがまんができなかったのだろう。血相を変えてふところの匕首《あいくち》を引き抜くなり、だっと突っかけてくる。

「あぶねえ」

ひらりと身をかわした喜太郎は、流れる相手のきき腕をひっつかむなり、苦もなくそこへねじ伏せて、匕首の手を逆に取り、片ひざで梅吉の背をぐいと押えつけてしまった。

「乱暴するでねえ」

ひざがしらでぐいぐい背骨をこづいてやると、

「あいてって、ちくしょう、さあ殺せ」

と、梅吉は悲鳴をあげ、いまにも背骨が折れそうな激痛に、たちまちぐったりと力が抜けてくる。

「おれは人殺しはしねえだ」

　喜太郎はにやりとわらって、

「若だんな、おめえさんお師匠さんにいくら金を巻きあげられたんだね」

と、これもふてくされて、さっきからまだそこへあおむけにひっくりかえっている金五郎にきいた。

　すると、金五郎はなんと思ったか、むくりと顔をしかめながら起きあがって、

「金なんかもういいや。喜太公、帰ろう」

と、あっさりいった。

「そうかね。さすがは若だんなだ。おれ感心したです。それじゃ、もうなんにもいわずに帰るべ」

　美人局にひっかかったとわかって、いまさらごたくをいうのは愚痴《ぐち》だし、恥の上塗りみたいなものだ、男らしくあきらめてしまうのが上分別である。

　金五郎は立ち上がって、女のほうは見向きもせずふらふらと玄関へ出ていく。

　喜太郎は梅吉の手から匕首をもぎとって、ぐさりと畳の上へ突っ立て、

「お師匠さん、お騒がせしてすみませんでしたね」

ひとこと文字富にあいさつをしてから、梅吉を放して、もそりと立ち上がった。

「どういたしまして、またいらっしゃいな」

女ははじめてこっちを向いて、人を小バカにしたように、そんなふてぶてしいことをいう。

「ありがとうごぜえます、気が向いたら、またやってきますべ」

にやりとわらいながら、喜太郎は若だんなのあとを追う。梅吉は背骨が痛んで、急にははね起きる元気さえないようだ。

「若だんな、歩けるかね」

「バカにするねえ、江戸っ子でえ」

負け惜しみの強い金五郎は、顔に紫色のあざをこしらえながら、それでもしゃっきりと格子をあけて、文字富の家を出た。なんとなくびっこを引いているのが、喜太郎にはいじらしい。

「通りへ出たら、かごを拾ってやるべ」

「それにゃ及ばねえよ」

「強いなあ、若だんなは」

「あたりめえよ。酒さえのんでなけりゃ、あんな野郎に負けるんじゃねえんだ」

「そうだとも――。それに、あの女のくちびるには力のぬける毒がついていたかもしれねえもんな」

喜太郎にちょいとひやかしてみる。

「けど、喜太さん、ちょいといい女だったろう」

「あれえ、まだ若だんなはあの女が憎くないのかね」

「お富が悪いんじゃないんだ。かわいそうに、お富のやつ、あとであの野郎にいじめられなけりゃいいんだがな」

こいつは少し熱が高すぎると、喜太郎はいささかあきれてしまった。

「本気かね、若だんな」

「本気だよ」

「それで、いくらあの女に取られたんだね」

「五十両おいてきた。たちの悪い養い親との縁切り金だといっていたが、今から考えると、あの悪い亭主と縁が切りたかったんだな」

金五郎はまだ美人局にひっかかったとは考えられないようである。

それはまあそれとして、いくら恵比寿屋が大家でも、五十両は大金である。

「若だんな、五十両だなんて、そんな大金をおふくろさまがよく出してくれたもんだな」

「出してくれたんじゃねえ、黙って金だんすから持ち出したんだ」

「そいつはたいへんだ。そんなことおやじさまにわかったら、勘当《かんどう》されるかもしれねえだ」

「勘当は承知のうえなんだ。勘当されたら家へきてください、あたしがきっと養ってみせるからって、お富がいうんだ。まあ、どうにかならあね」

色恋とはこんなに人間を夢中にするものかと、喜太郎はまったくあいた口がふさがらない。

「若だんな、お富に養ってもらうったって、あの女にはちゃんと亭主がいるじゃないか」

「だからよう、五十両手切れ金をおいてきたんだ。なんとかお富がうまくやるだろう」

「美人局にひっかかったんだとは若だんなにはどうしても思えないんかね」

「おれも初めはてっきりそうだと思って、かっとなったんだが、もう一度お富と会って、ふたりっきりでよく話してみねえと、なんだかふにおちねえところが出てきたんだ」

あんなに女の前でなぐられていながら、まだ目がさめない。よっぽどうまく女にだましこまれているんだろう。

――えらいことになった。このだだっ子をどう説得したものか。

喜太郎はだんだん胸が重くなってきた。

くやし涙

二月にはいって、そろそろ梅のうわさが人の口にのぼる季節になってきた。

つい目と鼻の間に住んでいながら、お品はここしばらく恋しい喜太郎の顔を見ない。もっとも、このあいだ、深川の帰りに顔へ紫色のあざをこしらえた金五郎といっしょに寄って、長いこと二階で話しこんで帰るとき、

「お品、おれ当分出てこられねえかもしれねえが、心がわりをしたかしらなんて、けっして心配するでねえだ」

と、念を押していった。

「どうして出てこられないの」

　そのときはもう、お霜がそっと呼んできた大番頭の藤助につれられて、金五郎はひと足先に帰り、暮れかけた二階に、お品は喜太郎とふたりきりだった。

「じつはきょう、若だんなは美人局にひっかかったんだ」

喜太郎はその話をすっかりしてくれたあとで、

「そういうわけだから、いつ行徳の梅吉が恵比寿屋へ押しかけてくるかもしれないし、当分金五郎も外へ出さないほうがいいと思うんだ」

と、いつになく心配そうな顔をしていっていた。

「まあ、たいへんだったんですね」

お品はただあきれるほかはない。

「うむ、困ったことになったもんだ」

「それで、五十両なんて大金を黙って家から持ち出して、親ごに知れたらどうする気なんでしょう」

「だから、さっき大番頭さんを呼びにやったんだが、あの物堅いだんなに知れれば、むろん勘当騒ぎになるにきまっている。さいわいおれが、どこで死んでも恥をかかないようにと、死に金を三十両用意してあったんで、それを大番頭にあずけ、あとの二十両、なんとかならないだろうかと相談してみたんだ。さすがは長年勤めあげた大番頭さんだ、よろしゅうございます、そのくらいならてまえにも用意がありますからと、このほうはまあどうにか埋め合わせがついた」

「若だんな、なんていってました」

「すっかりしょげちまってね、きょうばかりは、すまねえと頭をさげていたっけ」

「あたりまえだわ。そんな女にみすみす五十両を巻きあげられるなんて、まったくしようがない人ねえ」

考えると腹さえたってくる。

「でもあんた、一文《いちもん》なしになっちまって、困りゃしないんですか」

「だいじょうぶだよ。さっきおまえに――あれえ、まだおまえなんていっちゃ悪いな」

「いやッ、そんなみずくさいこといっちゃ」

「おれなあ、お品、よく考えてみると、こんどのことはおれたちにも少しは罪があると思うだ」

「どうして――」

「おれたちがあんまり仲がいいもんで、若だんな寂しかったんだな。それで、早くちびるの吸いっこができる相手がほしかったんだ」

「だからって、なにもあんたの前で、そんな女といちゃいちゃして見せなくたっていいと思うわ。おまけに五十両も巻きあげられたり、ぶんなぐられたり、なんて人なんだろう」

「つまり、むじゃきなんだな」

「むじゃきすぎて、少しバカらしい」

それにひきかえ、喜太郎は男らしくて、強くて、親切で、だれがなんといっても、男のなかの男だと思う。その喜太郎がもうちゃんと自分のものなんだから、お品はうれしい。

――でも、きょうでいったい幾日ぐらい会わないのかしら。

お品は店の炉《ろ》ばたへすわって、白い指を折ってみた。十日のうえにもなる。いやだなあ。いくら若だんなのためだって、こんなに会えなくちゃつまりやしない。

お品はなんだか情けなくなってきた。近いところなんだから、こっちからちょっと会いに行くのはぞうさもないが、それでは人目にたって、せっかくよく働いているのに女のほうから呼び出しにくると、恵比寿屋の人たちからいたずら娘のように思われては恥ずかしい。

　あの人のほうから暇をみてちょっときてくれればいいのに、あの人あたしが恋しくないのかしら。いくら堅い約束はあっても、去る者は日々にうとしで、男なんてうわきなんだから、もっと近いところにいい女でもできていたらどうしよう。そう思ったとたん、どきりとして、急にお品は心配になってきたが、それはすぐ、

「しばらく顔を見せなくても、おれが心がわりしたなんて、よけいな心配するでねえぞ」

　といっていたこのあいだの喜太郎のことばを思い出し、ああそうだっけと、その心配だけはないことに気がついて安心した。

　それより、あの人、あたしに会いにくると、ちょっとがちょっとですまなくなる。それで用心して出てこないんじゃないかしら。

　そうにちがいないと思い、お品はふっとほおがほてってくる。このあいだも帰りぎわに、

「さあ、もう帰るべ。あんまりおそくなると、また若だんなが変な気をまわすからな」

　と、一度立ちかけてから、そのさあもう帰るべを、十度ぐらいくりかえさなけ

ればならなかった。一度は、

「あら、もう帰るの、喜太さん」

と、お品が浮かない顔をしたので、

「しようがねえさ。おれは主持ちだからな。よし、そのかわり、くちびるをかんでやるべ」

と、すわってしまったのである。それからついまた少し話しこんで、さあ、こんどこそほんとうに帰るべと立ち上がろうとするのを、いやだわ、もう一度だけ抱いてくれなくちゃと、お品はねだり、また少し話しこんでしまった。

三度めはたしか、そんなに帰りたければ、かってにお帰んなさいよ、あんたはもうあたしのそばにいるのがうるさくなったんでしょと、お品のほうからいやみをいったので、ちょっと口げんかが始まって、また仲直りに抱き合わなくてはならなかった。

「お品、いっそもう泊まっていくべか」

喜太郎がお品をしっかりと抱きしめていった。あたりはもうすっかりたそがれて、あかりのほしいころになっていた。

「うれしいわ、喜太さん」

お品は夢うつつで、からだじゅうが甘ったるくなっている。

「身持ちになってもいいのか、お品」

「いいわ、いっそそのほうが早く所帯が持てるんだもの」

「けど、おとっつぁんに悪いな、祝言《しゅうげん》をしねえうちに」

「いいのよ。おとっつぁんきっとよろこぶわ。初孫なんですもの」

「そうかなあ、じゃ、身持ちにしてやるべ。ほんとうにいいんだな、お品」

「ほんとうにいいわ……」

そのときはほんとうにその気持ちで、もうどうされてもいいと思い、胸がくすぐったいようにせつなくて、うっとりと目をつむっていると、

「ねえさん、あんどんを持っていかなくてもようござんすか」

と、階下からお霜が遠慮そうに声をかけてきた。さすがにはっとして、

「ええ、すぐ持ってきておくれ」

と返事をしてしまったので、まさかもう抱きあっているわけにもいかない。

「あぶなかったなあ、お品」

喜太郎は夢からさめたように、にっとわらってみせる。

なんだかがっかりしてくやしいような、それでいてほっとしたような、あのと

きのことを思い出すと、今でもお品は胸がどきどきしてくる。そして、思わず、

「会いたいなあ、喜太さんに」

と、口に出て、やっぱりあたしは身持ちにしてもらいたいのかしらと、ひとりでにほおが赤くなったとき、がらりと表の油障子があいた。

「こんにちは——」

はいってきた客は、ぞろりとした身なりの、いかにも遊芸の師匠とでもいったふうのいきな女である。

「いらっしゃいまし」

お品がいそいで出迎えると、

「お宅は兼田さんですね」

と、女は念を押すようにきく。

「ええ、兼田ですけれど——」

「じゃ、馬喰町の恵比寿屋さんをよくご存じでしょう」

「知っています」

「すみませんけど、若だんなの金五郎さんをここへそっと呼び出してもらえませんかしら」

はてなと、お品は思った。

「あなたはどなたさんでございましょう」

「深川の文字富だといってもらえばわかります」

やっぱりそうだった。それにしても、なんというずうずうしい女なんだろう。このあいだ美人局にかけて、若だんなから五十両巻きあげたばかりなのに、どのつらさげてその若だんなに会う気なのかしら。いや、そのくらいだから、この女はきっとすごい腕なのにちがいない。どうせまた若だんなを呼び出して、手玉に取ろうというのだろう。そうだ、喜太郎に相談するのがいちばんいいと、お品はとっさに気がついたので、

「どうぞお二階へおあがりくださいまし。今すぐ使いを出しますから」

と、如才《じょさい》なくいってみた。

「じゃ、そうさせてもらおうかしら」

文字富は平気で二階へあがって、では、しばらくお待ちくださいましとお品がさがろうとすると、

「ああ、ちょっと――」

と、思い出したように呼びとめ、

「恵比寿屋さんにはたしか、喜太郎とかいう番頭さんがいましたね」

じろりとこっちを見ながらきくのである。お品は胸の中を見すかされたような気がして、どきりとはしたが、

「ええ、喜太郎さんならいます」

と、なにくわぬ顔で答えた。

「その番頭さんの耳へは、なるべくあたしの名を入れてもらいたくないんです。いいでしょうね」

「かしこまりました」

口ではそう答えたが、わざとどうしてなのかしらという顔をしてみせると、

「いいえ、はいったならはいったでかまやしないんですけど、あの番頭さん、若だんなにかくれて、あたしにいやらしいことばかり持ちかけるから、うるさくってね」

と、わらいながらまゆをしかめるのだ。

「おや、そんな人なんですか、あの番頭さん」

お品は人が悪い。

「ええ、あんないなかっぺのくせに、おれのいうことを聞かなければ、若だんな

との仲を大だんなにいいつけてじゃまをしてやるって、あたしをおどかして、手を握ったり、抱きついたり、あの男すこしいろきちがいじゃないのかしら」

「あら、そんなことをするんですか、あの人が」

「ほんとうにいやらしいやつって——このあいだなんか、あたしがこたつにあたっていたら、いきなりやってきて、うしろからあたしの胸へ手を入れようとするんです。あたしほっぺたを思いきりひっぱたいてやった」

うそとはわかっていても、そんなにひどいことをいわれれば、つい腹がたってくる。いっそからかわなければよかったと、お品は後悔して、

「では、とにかく若だんなに使いを出してみますから」

と、逃げるように階下へおりてきた。

——くやしいなあ、どうしてやったらいいだろう。

お品はいつの間にか目をつりあげている。

うれしい話

父の磯吉も、船頭久吉も、あいにく出払っていてるすだった。女中のお霜の使いでは、客の用が用だけにたよりない。

お品はいそいで帯を締め直して、

「お霜、あたしちょいとお客さんのご用で、馬喰町まで行ってきますからね、るす番をたのみますよ」

そういいおいて家を出た。

――うまく喜太さん、お店にいてくれればいいんだけど。

外へ出てみると、なによりまずそれが心配になってくる。喜太郎がいてくれなければ、いやでも若だんなの金五郎を呼んでもらって、いちおうは文字富のことを耳に入れなければ、まさかひとりぎめに若だんなはるすでしたといって家へも帰れない。

「あんなお富なんかに用はない」

もし若だんながそういってくれれば、それこそおおいばりで家へ帰って、憎らしい文字富にありのままをいってやれるんだけど、喜太郎の話では、若だんなはまだ文字富にじゅうぶん未練があるんだというし、へたに会わせたらあとでどんなことになるか、考えるとそれも心配である。

――いやになっちまうな、五十両も金を巻きあげられて、その亭主だという男に、女の見ている前でさんざんなぐられて、それでもまだ目がさめないなんて、若だんなもあんまりだらしがなさすぎるわ。

お品はなんだか腹さえたってくる。

それにしても、あの女はなんというすごい度胸なのだろう。そんな悪どいまねをしておいて、いったいきょうはどんなふうに若だんなを手玉にとる気なのか。お品などにはとても想像さえつかない。

それに、憎らしいのは、喜太郎がうるさくつきまとってふところへ手を入れようとしたから、ほっぺたをひっぱたいてやったなんて、ありもしないことを平気でいい散らしていることだ。

――でも、喜太さん、ほんとうにそんなまねをしたのかしら。

まさかとは思うけれど、もしほんとうだったらどうしようと、お品はどきっとして、急に気が重くなる。男と女なんだもの、けっしてないとはいいきれないからだ。

——もし、もし喜太さんがそんなあさましい男だったら、あたしは神田川へ身を投げて死んでしまうからいい。

もう半分泣きたい気持ちで、お品はにぎやかな両国広小路を突っ切り、馬喰町の通りへはいっていった。

用があるんだからしようがないけれど、表からはいっていって人に顔を見られるのは恥ずかしいなと、お品はまたそれが気になりだしたが、さいわい喜太郎はじんじんばしょりになって、恵比寿屋のはんてんを着た番頭姿で、前の往来へ水をまいていてくれたから、それだけは助かった。いや、そんな気持ちより、十日ぶりで見る恋しい男の姿なのである。あ、喜太さんだと思ったとたん、もうかっとからだじゅうが熱くなってしまって、いきなり前へ駆けだしていた。

とたんに喜太郎のひしゃくがさっとこっちを向いたので、なんのことはない、自分から水をぶっかけられに行ったようなものである。

「あれえ」

お品はすそから足を水だらけにして思わず飛びあがる。

「あっ、すまねえことをしました。あれ、お品でねえか」

「ひどいわ、喜太さん」

「悪かった、悪かった。おれ、ずいぶん気をつけていたつもりだけど、まさか水まいてるほうへ、わざわざ黙って近よる者もねえと思ったもんでな」

喜太郎はいそいで手ぬぐいを出して、ぬれた着物のすそをつまんで絞ってくれようとする。

「いやだあ、喜太さん」

「じっとしているだ。逃げるからすそがまくれるんでねえか。それ、こんどはあんよ——」

往来の目がみんなわらって通る。

「番頭、うまくやってるぜ」

声までかけて、ひやかして通る物好きもいる。

「へえ、おかげさまでね」

喜太郎はいっこう平気だが、お品はまっかになってしまった。

「もういいったら——ちょっとこっちへ来て」

いつまでも往来のさらしものになっているのは恥ずかしいから、お品は喜太郎のそでをつかんで、ぐんぐん恵比寿屋の横の路地へひっぱりこんでいった。

「おれになんか用があってきたのか、お品」

喜太郎は片手にからの手おけをぶらさげながら、心配そうにきく。

ああ、この人は、ふいにあたしがきたもんだから、また八百鉄じゃないかと思って心配してくれるんだと、お品はじいんと胸が熱くなって、

「そうじゃないんだけど、このあいだの文字富ってひとがきたんです」

と、つい手が男の腕へかかっている。

「なんだって――、文字富がどこへきたんだね」

喜太郎はびっくりしたように目をみはる。

「いまうちへきて、若だんなに用があるんだから、ぜひ呼んできてくれっていってるんです」

「ふうむ。ずうずうしい白ぎつねだな」

「だから、あたし、これはあんたに相談するのがいちばんいいと思って、あのひとを二階へ案内しておいて、すぐに飛んできたんです」

「そうか、それはよく気がついた。さすがお品あねごさんだ」

「おだてたってだめだわ」

急にお品の目がちかりと光る。

「あれえ、どうかしたんかね」

「あんた、あのひとのうしろから抱きついて、いきなり胸へ手を突っこもうとして、ほっぺたをいやというほどひっぱたかれたんですってね」

「へえ、このおれがね」

「そらっとぼけないで、白状してくれなくちゃいやだ。あのひとはあんたがうるさくつきまとって困るから、きょうは番頭さんの耳へは入れないでおくれっていってるんです」

「まあ、そうだろうな。おれの耳へはいると、若だんなは出さない。だからそんなことをいうのさ。あの白ぎつねは、人をだますのが稼業《かぎよう》なんだもんな」

「ほんとう――、じゃ、胸へ手を突っこんだなんてのも、きっとうそなんですね」

わかりきっていることながら、やはりほっとするお品だ。

「おれが胸へ手を突っこんだのは、お品っ子のだけさ」

「いやッ、そんなこといっちゃ」

お品はあわてて、自分の乳ぶさを押えて、ぼうっと赤い顔になる。それはこのあいだの二階で、もう少しであぶなくなりかけたときのことだった。いつの間にか喜太郎の手がふところを探って、乳ぶさをおもちゃにしている。はじめはただくすぐったいと思ったけれど、そのうちにからだじゅうがしびれたように甘ったるくなってきて、女の命がそこにあったことにはじめて気がつき、その女の命を好きな男になぶらせているのだなと思うと、夢のようで、とてもうれしかった。が、それはふたりっきりのないしょごとなんだから、こんな表で口にされると、やっぱり恥ずかしい。

「とにかく、いっしょに行くべ。おれこの手おけ置いてくるから、ここにおとなしく待っているだ」

喜太郎はわらいながら路地を出ていったが、まもなく、べつに着替えもせず、しりっぱしょりだけをおろして帰ってきた。

「さあ、行くべ」

「若だんなに見つからなかった――」

「うむ、奥でこたつにでもあたって寝っころがっているんだろう。このごろは、おれと大番頭さんとふたりで、出かけようとするとにらみつけるもんだから、すっかり腐《くさ》っているだ」

「少しかわいそうなようねえ」

　表通りをふたりで歩いては目だつから、なるべく路地から横町へと、お品は気をつけて道を拾っていく。十日の上も会えなかったのだから、とてもうれしい。

「少しかわいそうなのは、おれとおんなじさ」

「あら、どうして――」

「おれだってときどきは、だれかさんの胸へ手を突っこみに行きてえと思っても、若だんなのこと考えると、そうはいかねえもんな」

「だって、遠いところじゃないんだもの、夜ぐらいちょっとぬけ出せないのかしら。あたしとても恨《うら》んでいたわ」

　お品はつい恨みごとが出る。

「おれなあ、お品、ほんとうは二、三度、そう思って家をぬけ出したことがあるだ」

「いやだあ、どうしてきてくれなかったのさ」

「途中で考えたんさ。こんど会えば、またきっと胸へ手を突っこみたくなる。そうすると、ただじゃすまなくなるもんな」

「そうかしら」

「おれ、きっとお品を身持ちにしちまうかもしれねえ。ほんとうにおれ、ほれているんだもんな」

「あたしだって――だから、かまわないって、あたしいつもいってるのに」

「うむ、それはかまわねえけど、それでは若だんなばかしいじめつけているようで、義理が悪いだ。だからおれ、じっとしんぼうして、いつも途中から引っかえしたんだ。そのかわりな、若だんながお嫁もらったら、こんどこそおれもお品を嫁にしちまおうと、すっかり腹をきめたんだ」

「だって、若だんなはいつお嫁さんもらうの」

「いまその縁談が持ちあがっているから、それがきまれば花が咲くころかな。あいう若だんなのことだし、お嫁でももらったら、身がかたまるだろうって、親ごさんたちもとても急いでいなさるだ」

「花が咲くころって、じゃ来月ね」

若だんなのお嫁なんかどっちでもいい、来月花の咲くころ、喜太さんのお嫁になれたら、どんなにうれしいだろうと、お品はなんだか急に胸がわくわくしてきた。

行きちがい

お品が喜太郎といっしょに家へ帰って土間へはいっていくと、

「お帰んなさいまし」

店番をしていたお霜がいそいで出迎えた。

「お客さんは二階だね、お霜」

「いいえ、若だんなとさっき、いっしょに帰りました」

「なんですって――」

道理で土間に文字富の下駄がない。

「あら、ねえさん若だんなに会ったんじゃないんですか」

お霜は変な顔をしている。

「会いやしません。若だんなって、金五郎さんのことかえ」

「そうなんです。ねえさんが出ていくと、入れちがいのように恵比寿屋の若だんながはいってきましたから、あたしはてっきりそとでねえさんに出会って、お客さんのことできたんだろうと思いましたから、若だんな、文字富お師匠さんなら二階ですよ、うちのねえさんに会ったんでしょうっていうと、うむ、そうか、わかったといって、ずんずんひとりで二階へ上がっていきました。それからまもなくふたりで降りてきて、ちょっとそこまで行ってくるから、ねえさんが帰ったら、帰りにまた寄るといっておいてくれって、出かけていったんです」

「どうしよう、喜太さん」

お品は青くなって喜太郎の顔を見た。まるでねこに晩のさかなをさらわれたような気持ちである。いや、それどころではない、もっとたいへんかもしれないのだ。それはめったに動じたことのない喜太郎の顔色でもわかる。

「あら、あたしいけなかったんですか」

ふたりの顔色を見て、お霜は泣きだしそうになってしまった。

「いや、お霜さんが悪いんじゃない。心配しなくてもいいだ。それで、若だんな、どんな身なりをしていたね」

喜太郎がつとめていつもの顔になってきいた。

「あのう、よくうちへくるときのふだん着でした」

「ふうむ」

するると、どこかへ遠出をする気で家を出たのではないようだ。あんまりたいくつなので、ふらりと台所口からでも表へ出て、どこへ行く当てもないから兼田へきて、お品を相手に一杯やる気になったものか。ここなら銭を持たなくても、わがままをいっていくらでも遊べるのだ。来てみたら、意外にも文字富が二階で待っていたということになるのだろう。

「どうするのよう、あんた、いやだ、そんなむずかしい顔をしちゃ」

お品もだんだん心細くなってくる。

「まあ、お茶でも一つもらうべ」

「じゃ、お上がんなさいよ」

「そうだな」

喜太郎はお品にひっぱられるままに、もそりと上へあがって、炉ばたへすわった。いったい、文字富が金五郎をひっぱり出した目的はなんだろう。まさか、また美人局《つつもたせ》をやる気でもあるまい。たとえやったところで、金五郎はきょうはこづかい銭ぐらいしかふところにないはずだ。

むろん、あの文字富がほんとうに亭主の行徳の梅吉と縁を切って、金五郎と夫婦になる気になったとは考えられない。

するると、目的はやっぱり金だ。金五郎をだまして、また家から金を引き出させる。そんなことはこっちに自分の目が光っている間はできない相談だと、向こうでも知っているだろう。

とすると、残る一つは、金五郎をどこかへ監禁して、恵比寿屋へ脅迫状を突きつける。

「まず、その辺のとこかなあ。こいつは困ったことになったようだぞ」

喜太郎は思わず暗い顔をして、腕を組んでしまった。

「どうしたのさ。あんた。なにが困ったの」

「あの文字富にはすごい悪の亭主がついているでね」

「行徳の梅吉ってやつでしょう」

「うむ」

「それが若だんなをどうしようっていうの」

「ことによると、若だんなを縛《しば》っておいて、恵比寿屋へ大金のゆすり状をよこす気かもしれねえ。あいにく、若だんなにはいい縁談が持ちあがっているとこだし、悪党どもはそんなところまで調べているかもしれないな」

「そうそう、その若だんなの縁談て、先方はどんなおうちなんです」

「おれはまだくわしいことは聞いていないが、なんでも深川のほうの大きな材木屋さんで、丸屋十兵衛《まるやじゅうべえ》、丸十さんとかいう家の娘さんだそうだ。ことし十九で、お杉《すぎ》さんとかいう話だ」

「娘さんにしては、少し年を取りすぎているんじゃないかしら、人のことはいえないけど」

そういうお品は、ことしはたちになるのだ。

「うむ、そのかわりしっかり者で、器量だってなんとか小町といわれるくらいだ。きっと若だんなの気に入るだろうとなこうどはいっているとかで、まあ、お品のような娘なんだろうな」

「あたしはなんとか小町でなくておきのどくさま」

あんまり喜太郎がよその娘をほめると、お品はちょいとすねてみたくなる。

「そんなことあるもんか、お品は柳橋小町さ。だれがなんといったって、おれはそう思っているのだ。その柳橋小町がこんないなか者のおれの嫁っ子になってくれるんだもんな。おれたいせつにするです」

喜太郎がほんとうにうれしそうな顔をすると、

「バカばっかし」

と、お品はすぐとろんとした目になってしまうのだから、世話はない。

「それで、若だんなは、もうそのなんとか小町とお見合いしたの」

「それはこれからの話さ。その話はつい近ごろのことで、しっかり者だってのが親ごさんたちの気に入ってね、大だんなもおふくろさまも大乗り気なんだが、若だんなはまだ文字富に未練があるもんだから、おれは女房のしりに敷かれたくねえ、しっかり者なんか大きらいだって、へそを曲げているようだ」

「しようがない人ねえ、あの人。そのくせ何人も男のある文字富なんかに手玉に取られて、きたならしいと思わないのかしら」

「きたならしいと思えば、くちびるなんかかみっこできねえさ。そこへいくとお品、おれはしあわせ者だな。ほんとうのことをいえば、おれは凶状《きょうじょう》持ちのくせに、柳橋小町のくちびるをわが物にして、胸へ手を突っこませてもらったり――」

「いやだったら、そんなことといっちゃ、恥ずかしいじゃないか」

口ではいって赤くなりながらも、ここが店でなければ、いまにも立って男のひざのそばへ行きたそうなお品のからだつきだ。

「あっ、いけねえ。きょうはそれどこじゃなかった。文字富のやつ、どこへ若だんなを連れ出しゃがったんだろうな」

さすがに喜太郎はすぐ現実へ引きもどされて、きりっとした顔つきに返る。

「子どもじゃあるまいし、ほっといたって、いまに帰ってくるんじゃないかしら。帰りに寄るっていっていたっていうんだから、もう少し待ってみたら」

お品は道楽者の若だんなのことなどより、十日ぶりでこうしてうれしい喜太郎に会えたのだから、また二階へ誘いたそうな口ぶりだ。

「いや、これはただごとじゃなさそうだ。お品、おれこれからちょっと文字富の家へひと走り行ってみてくる」

はたして佐賀町の家へつれこんだのかどうかはわからないが、今のところそこよりほかにこれという当てもないし、近所へ行ってきけば、また思いがけない手がかりが拾えないとはかぎらない。けっして、むだ足にはならないと、喜太郎は考えたのだ。

「あんただいじょうぶ、ひとりで」

お品は急に心配になってきた。

「だいじょうぶさ。喜太さんはこれで案外強いもんな」

「でも、相手がおおぜいだったら、心配だわ、あたし」

「なあに、めったにへたなけんかはしねえから、心配しなくてもいいだ」

男らしくわらってみせながら、喜太郎はもうさっさと立ち上がる。

「おこづかい持ってるの、あんた」

上がりかまちのところまであとを追ったお品は、とうとうこのまま行かれちまうのかと思うと、なんだか情けなくて、ついたもとをつかまずにはいられなかった。

「うむ、こづかいは持ってる」

「こっちをお向きなさいってば」

「こうかね」

くるりと振り向いて、お品の肩を抱いて、お霜はけっしてふたりのじゃまをしない小娘だから、安心してほおを寄せて、

「お品、帰りにまたきっと寄る、そのときは二階へ行くべ」

と、半分は冗談のように甘くささやく喜太郎だ。

「ほんとうよ、喜太さん」

「ほんとうだとも、また胸へ手を突っこんでやるべ」

「かまわないわ。みんなあんたのものなんだもの」

「じゃ、行ってくる」

お品はせつなくやるせなく、いやいやをしてみせる。

「ああ、忘れてた」

ぎゅっと抱きしめて、くちびるへかみついてくれる喜太郎だ。お品はいそいで目をつむりながら、このまま死んでもいいから、男を放したくないと思う。義理のためなら命がけだ。どんなところへでも飛びこんでいく男らしさが、なんだか不安でたまらないのだ。

手がかり

兼田を出た喜太郎は、その足ですぐ佐賀町へまわってみようかと思ったが、事は金五郎の問題なので、せめて大番頭藤助の耳にだけは入れておいたほうが、あとでなにか起こった場合に手段がつきやすいと思い直し、一度恵比寿屋へもどった。

「困った若だんなだねえ。承知しました。ご苦労でも、喜太さん、よろしくたのみますよ」

まゆをひそめながらも、大番頭があとを引きうけてくれたので――敵地へ乗りこむのに恵比寿屋のはんてんを着ていくのはまずいと喜太郎は気がつき、それに、いざというときにはなにか武器がいる、いっそ近在の百姓が小買い物にでも出たというかっこうで、てんびん棒をかついでいこうと、てんびん棒の先へ小ぶろしき包みを結びつけ、じんじんばしょりになって、それをかついでふらりと恵比寿屋を出た。

新大橋《しんおおはし》へ道を取って、深川へわたり、川っぷちを右へ折れると万年橋《まんねん》、上ノ橋《かみ》から中《なか》ノ橋をわたって佐賀町へはいるころは、もう夕がたになっていた。

心おぼえのタバコ屋のかどを曲がって、文字富の家の前へ立ってみると、意外にも雨戸を締めきって、貸家の札がはってある。

――さあ困ったぞ。

当てにしてきたただ一筋の望みの綱が、ここでふっつり切れたことになる。

両隣へ寄って、ひっこした先をきいてみたが、

「さあ、ひっこしたのはたしか七、八日まえだが、どこへ行きましたかねえ。うちじゃあんまりおつきあいがなかったから」

と、両隣の至極《しごく》冷淡な口ぶりだった。どうにもとりつく島がない。

——けっきょくむだ足になったか。

がっかりして、もとの佐賀町通りへ出てくると、

「おい、兄い、恵比寿屋の番頭さん」

ふっと、うしろから呼び止める者がある。

「おれかね」

振りかえってみると、去年の暮れまで兼田の船頭だった亀吉が、いつもながらあまりぱっとしないはんてんもも引き姿で、にやにやわらいながら突っ立っている。

「おまえは喜太郎さんていうんだろう」

「そうでごぜえます。兄いさんはたしか柳橋の兼田にいた亀さんでしたね」

「よく知ってるなあ。おれはおまえと口をきくのははじめてだぜ」

「若だんなに聞きました。この正月若だんなとお相撲勝さんとけんかをしたとき、亀さんはあっちの組だったからね」

「そうそう、そんなことがあったっけな。おまえの強いのにゃおれもあきれちまった。あとで聞くと、おまえは死んだ兼田のせがれの島吉と兄弟分だったんだっ

てな」

「旅先でしばらく、いっしょに暮らしたことがあるんでね」

「うまくやってやがる。その縁で、おまえ、兼田のお品をとうとうくどき落としたっていうじゃねえか」

「それはちがうです。ほんとうはお品にくどかれて、お品のほうがどうしてもおれに婿《むこ》になってくれっていうもんだから」

喜太郎はわざと人のいい顔をして、にやりとわらってみせる。

「けっ、手放しか、おい、いなかっぺのくせに、すみにおけねえな」

「なあに、おれいつも遠慮して、なるべくすみっこにいるようにしているです」

「おきやがれ。そういや、おまえ、いまどこへ行ってきたんだ」

「ちょっとそこまで、人をたずねてきたです」

喜太郎は用心深い。

「隠さなくたっていいやな、あき家になってたろう」

なんでも知ってるぞといいたげな、亀吉の顔つきだ。

「あれえ、亀さん見ていたんかね」

「見ちゃいねえさ。けど、おまえがこの横町から出てくれば、どこへ行ってきたか、おれにはちゃんと顔色で読める。こう見えても、おれは人相見をやったことがあるんだ」

「たまげたなあ。じゃ、おれがどこへ行ってきたか当ててみてもらうべ。当たったら一杯おごってもいい」

「きっとだな」

「おれ、うそはいわねえです」

こいつなにか知っている様子だと、早くも見て取ったから、喜太郎はすかさずうまく持ちかけていく。

「おまえ、この横町の文字富の家をたずねていったんだろう」

「当たった。どうして亀さん、そんなことがわかるんだ。ほんとうに兄いさんは人相を見るんかね」

「あたりめえよ。人相手相、運勢縁談金談、なんでもひと目見ればぴたりと当たるんだ」

「一杯おごるべ。おれぜひ見てもらいてえことがあるだ」

「よし、なんでも見てやらあ。そのかわり、ただじゃいやだぜ。こっちは稼業だからな」

「いいとも、それだけの見料はきっと払うだ」

乗せられたように見せかけて、喜太郎は永代橋の近くの一杯のみ屋へ亀吉をつれこんだが、案外この泥亀《どろがめ》め、逆におれを乗せようとしているかもしれないと、そこはすこしもゆだんはしない喜太郎だ。

切り落としの小座敷へおさまって、さっそく一杯やりながら、

「ときに兄いさん、文字富師匠のひっこした先は知らねえだろうか」

と、なに食わぬ顔をしてきいてみる。

「知ってるよ」

泥亀がそらきたというように、にやりとわらう。

「どこへひっこしたんだね。教えてくれねえかなあ」

「ははあ、おまえの人相で見ると、おまえは若だんなの金五郎をさがしているんだな」

「驚いたなあ。亀兄いさんは、なんでもよく知ってるんだなあ」

「知ってるとも。おい、喜太公、黙って一両出しな。おれの知ってることは、なんでも教えてやるぜ」

「ありがてえ。そうしてもらえば助かるです」

せっかくお品のくれたこづかいの中から、一両はもったいないような気もするが、金五郎の命にはかえられない。

喜太郎はふところからさいふを出して、小判を一枚泥亀の前へ差し出す。

「ふうむ。おまえいいさいふを持ってるな。おれはさいふなんて久しく持ったことがねえ。そのさいふもくれねえか」

「気に入ったんならやるべ」

「ぐんと気に入ったんだ。しまのさいふに五十両、じゃなかった、しまのさいふにたった一両、ありがてえありがてえ」

泥亀はもらったさいふに、もらった小判一枚を投げこんで、くるくると巻いて腹掛けのどんぶりの中へ突っこむ。

「大きな声じゃいえねえが、文字富の亭主みたいになっている行徳の梅吉な、あの野郎がこのあいだ八百鉄さんの賭場《とば》で、五十両すってんてんになりやがった。なんでもその五十両は文字富が金五郎の二本棒から巻き上げた金で、だから文字富がおこって、こんどは所帯道具をみんなたたき売って、やけで八百鉄さんの賭場へ張りに行ったのさ。あの女、すごい度胸だからな」

「それで、うまく五十両取りかえしたんかね」

「そううまくいくもんかな。どうせすってんてんよ。けど、負け惜しみの強い女だから、あたしにゃ恵比寿屋の若だんなっていう金の成る木がついているんだ、またおじゃましますよ、とか、なんとか啖呵《たんか》をきって引きあげたって話だ。そんなことを小耳にはさんでいたんで、あそこでばったりおまえの顔を見たとたん、ははあ、文字富のやつまた金五郎をおびき出しやがったなと、おれはすぐ勘《かん》ぐった。どうでえ、おれの目は高いだろう」

ぐいとそり身になってみせる泥亀だ。

「なるほどなあ。それで、文字富さんの家は、いまどこなんだね。ひっこした先は」

「洲崎だよ。洲崎の弁天さまの裏のほうだ」

「やっぱり、梅吉さんといっしょにいるんかね」

「うむ、腐れ縁なんだな、しじゅうけんかばかりしてるくせに、どうしても別れられねえ。またいっしょになってるそうだ——けど、おまえ、おれからこんな話を聞いたって、だれにもいいっこなしたぜ。行徳のに知れると、あいつは命知らずだからなあ」

ちょいと首をすくめてみせる泥亀だ。

――どこまでがほんとうの話かな。
喜太郎はそれとなく泥亀の顔へ目をすえている。

洲崎の待ち伏せ

これから洲崎の文字富の家へ行ってみても、はたしてそこに金五郎がいるかどうかは、ちょっとわからない。が、たとえむだ足になっても、手がかりがついた以上、黙って帰るという手はないから、喜太郎はともかく泥亀に別れ、その足で洲崎へ行ってみることにした。

日はもうとっぷりと暮れて、空におぼろ月はあったが、妙に底冷えのする夜になっていた。

用心のためにてんびん棒を肩にかついだ喜太郎は、深川の色町をぬけ、汐見橋《しおみばし》をわたるとその辺から町は急に暗くひっそりとしてくる。六角越前守《ろっかくえちぜんのかみ》の下屋敷へ突きあたって、右へ切れ、泥亀に教えられたとおり平野《ひらの》橋をわたると、海が見えて、波の音が耳につきだす。

——海を見るのも久しぶりだなあ。

銚子育ちの喜太郎は、なんとなく故郷が思い出される。海づたいにさくさくと砂を踏んで、洲崎弁天はこの浜の東のはずれだとおそわってきたから、そっちへ向かって歩いていった。浜にはまったく人かげ一つない。はるか向こうの森のあたりに、人家のあかりらしいものがちらちらとまたたいている。それを目あてに、知らない土地ってものは妙にたよりないものだと、半分道ほども進んだところだろうか、

「やい、待て」

「待たねえか、野郎」

その砂浜に引きあげてある舟のかげから、突然ばらばらと五、六人の男が飛び出してきて、行く手へ立ちふさがった。いずれもやくざふうのやつで、顔をぬすっとかむりで包み、長脇差《ながどす》を腰にぶちこんでいるやつもある。

「待てって、おれのことかね」

喜太郎はびっくりして立ち止まった。

「あたりめえよ、てめえのほかに人らしいやつはひとりも歩いちゃいねえ」

「おまえさんたち、おいはぎさんのようでもねえが、おれになんの用だね」

はじめての土地へきて、うらみをうけるようなおぼえもないと、喜太郎は思うのだ。

「なにをぬかしやがる。てめえを銚子の喜太郎、今は馬喰町の恵比寿屋の番頭と知っていて待っていたんだ。命をもらうから、そう思え」

「待っていたといったね。おまえさんたちはだれなんだ」

待っていたというからには、自分が今夜ここへくるのを知っていたことになる。それを知っているのは泥亀と自分のふたりだけど、しかもここへ来ようときまったのは、ついさっきのことである。

「だれでもいい。こっちはてめえをやみ討ちにしてしまいさえすりゃ、それで用はすむんだ」

「そんな乱暴な話ってない。だれかにたのまれたんかね」

「むだ口をたたくな。黙って死んじまえばいいんだ」

敵は殺気だって、だれかひとりがきっかけをつけるのを待っているようだ。

「おれ、ほんとうにおこるぞ」

喜太郎はむらむらっと腹がたってきた。いきなり人をつかまえて、黙って死んじまえという法はない。もっとも、やみ討ちにするんだとはいっているが、べつに人からそんなうらみをうけるおぼえもないのだ。

「ふん、てめえがおこりゃどうなるんだ」

相手は五人、口ぐちにむだ口をたたいているのは、どうやらこっちが強いと知っていて、大事を取っている、いざとなると多少気おくれがしているというふうにも見える。するとこのなかに、知った顔がたしかにまじっているはずだ。

「おまえさんたち、男らしく名を名のったらどうなんだ。おれおこると、ついこのてんびん棒に力がはいりすぎて、脳天をたたきわるかしれねえぞ」

てんびん棒を地について、じりじりとあとじさりはしているが、おどりこんでくるやつがあればいつでもたたき伏せる、そういう気魄《きはく》が五体にみなぎって、一分のゆだんもない不敵な喜太郎なのだ。

「くそっ、やっちまえ」

「たたっ切れ」

五人のうち三人までが長脇差で、あとのふたりはふところの匕首《あいくち》に手をかけ、五人が五人ともすきあらば打って出ようと、ひしめきたっているが、どうにも手が出せないらしい。

「わかった、おまえは向こう傷の定吉だな」

長脇差の柄《つか》を握りしめて、なかでもいちばん殺気だっているのは、石巻の佐助の子分、傷定だとずぼしをさしたとたん、

「野郎ッ」

定吉がだっと抜き打ちにおどりこんできた。ひらりと飛びさがった喜太郎のてんびん棒が、

「えいっ」

空を切って前のめりになった傷定の肩先へ、びしりと火のように飛ぶ。

「わあっ」

傷定はもろくも前へつんのめっていった。

「野郎っ」

「くそっ」

あとの長脇差は二本、引き技いて同時に左右から切りこんできたが、たかがけんかじこみの度胸剣術、それなら喜太郎もたびたび長脇差の下をくぐって場数を踏んでいるからびくともしない。びゅん、びゅんと持って生まれた強力で真一文字に右をたたき伏せ、左を打ちのめす。

「わあっ」

どこへ当たってもただではすまないすごいてんびん棒だから、ひとたまりもない。ふたりとも長脇差をすっ飛ばされて、どすんとしりもちをついている。

残る匕首のふたりは、たわいもなくいっさんに逃げだした。

と見て、前へつんのめった傷定も、しりもちをついたふたりも、一度に飛びおきて、命からがら三方へ駆けだしているのだ。

「はあてな、あの長脇差のひとりは、行徳の梅吉ってやつじゃなかったかな」

それならつかまえておいて、金五郎の居どころを吐かせてやるんだったと思ったが、逃がしてしまったあとではどうにもしようがない。

そして、喜太郎はふっと気がついた。泥亀はやっぱりやつらとぐるだったのだ。文字富が洲崎弁天の裏へひっこしたというのも、自分をここへおびき出す口から出まかせだったにちがいない。しかも、やつらのうちに傷定がいたところを見ると、こんどの金五郎誘拐《ゆうかい》の黒幕は八百鉄が一役買っているのではなかろうか——。

——そういえば、泥亀のやつ、おれのさいふをねだっていたぞ。

喜太郎ははっとした。八百鉄はまえまえからお品のからだをねらっている。泥亀を使って、もしお品までつれ出させようとたくらんでいるとすれば、あのさいふでどんな小細工をやるかわかったものではない。

「こうしちゃいられねえ。とにかく一度柳橋へ引っかえしてみよう」

喜太郎はいきなり今きた道のほうへ駆けだした。駆けだしながら、おれのことになるとお品のやつ、すぐ目の色を変えるんだもんなと思うと、いよいよ気が気ではなくなった。

血みどろの顔

そのころ――。

お品は店の炉ばたで心ひそかに喜太郎の帰りを待ちながら、ひとりで気をもんでいた。

喜太さんは強いし、頭もいいから、めったなことではまちがいはないと思うが、なんといっても相手は悪党のことだ。どんなわなにかけられないとはかぎらないし、いくら強くても多勢に無勢では、しまいに力がつきてしまう。

思うまいと思っても、まげを振り乱して、血だらけになっている喜太郎の顔が、ひょいと目にうかんでくるのだ。

「お品、おれはもうだめだ」

その血だらけの顔が、悲しそうにお品を見ていう。

「どうしたのよう、喜太さん。しっかりしてくれなくちゃいやだ」

「やつらにやられちまって。おれは死ぬ」

「いやだ、いやだ、死んじゃいやだ」

あたしはあの人にすがりついて、身も世もなく泣き狂うにちがいない。そう思って、急に涙が出そうになりながら、なんだ、それはあたしの考えだけで、まだなんでもないいんじゃないかと気がつき、

「鶴亀《つるかめ》、鶴亀」

と、あわてて右手で両肩を払いながら、目がさめたようになる。

——どうして今夜は、こんなに悲しいことばかり考えるんだろう。

ことによると前兆《まえじらせ》というやつかもしれないと、またしても頭が不吉のほうへ行きかけるので、

「もうあたし、なんにも考えない。ばからしい」

と、声に出して自分をしかってみる。

そういえば、あの人、来月若だんながお嫁をもらうから、そうしたらあたしといっしょになるといっていたっけ。

やっとうれしいことを思い出す。そして、うれしいなあと、ほんとうにうれしくなってくる。

あたしはまゆを落として、赤いてがらをかけた丸まげに結《ゆ》って、ここへむりしてすわっている。あの人はこの前へあぐらをかいて、うれしそうにあたしを見ながら、タバコをすっている。

「お品、よく似合うぜ」

「なにがさ」

「その髪だよ。ほんとうによく似合うぜ」

「いやだあ、そんなに見ちゃ」

「へえ、じゃほかに見せたい男があんのかね」

あの人がちょいとやきもちをやく。

「なにいってるんですよう。あたしの心も、からだも、ここの家も、もうみんなあんたのものなんじゃありませんか。だれに見せたくって、あたしが紅かねつけるもんですか。そんなことというと、おこるから」

「ほんとうにお品はおれのものなんだな」

「そうよ。あたしはもうあんたのおかみさんじゃありませんか」

「そんなら胸へ手を突っこんでもいいかね」

「おかしいわ、お店でそんなことしちゃ」

「かまうもんか。おれのものをおれがおもちゃにするんだ。だれにも文句はいわせねえ」

あの人はがむしゃらなんだから、一度いいだしたら、きっと胸へ手を突っこまないうちは承知しないだろう。恥ずかしいけれど、あたしはあの人のいうなりになるほかはないのだ。

そうなれたらどんなにたのしいだろうと、考えただけでも胸が痛いほどどきどきしてくるお品だ。

——けど、それも来月恵比寿屋の若だんながお嫁さんをもらってからの話なんだわ。

あの人は義理がたいから、金五郎さんがお嫁をもらうまでは、あたしに会わないようにしているんだとさえ、さっきいっていた。

これまでにだって、二度も三度もわざわざ会いに出てきていながら、途中から引きかえしてしまったんだという。

会えばきっと胸へ手を突っこみたくなるし、ひょっとすると、それだけではすまなくなるんだ、ともいっていた。それは、たぶんそれだけではすまなくなるだろうと、あたしも思う。女の命の乳ぶさをあの人につかまれると、からだじゅうがしびれたように甘くなってきて、あたしはただせつなくなり、もうどうされたってかまわないという気になってしまうのだ。

ほんとうはもうどうされたって、あたしはかまわないのだけれど、あの人は若だんながお嫁をもらわないうちに、自分たちだけそんなことになっては、若だんなに義理がたたないと考えている。それほどあの人は若だんなのことを思って、いっしょうけんめいあの人に義理をたてているのに、金五郎さんときたら、あんなにきたならしい文字富なんかにだまされて、うかうかとつれ出されて行ってしまった。

いったい、どこへつれていかれてしまったのだろう。

文字富の家は深川の佐賀町だというから、ここを出ると船にのったにちがいない。酒、さかなの用意をさせて屋根船に乗り、若だんなは十日も外出をとめられ

ていたのだから、もうすっかりでれっとしてしまって、

「お富、胸へ手を突っこんでもいいか」

と、あの人のまねをしたにちがいない。

どうせ何人もの男を手玉に取っている毒婦なんだから、文字富は平気で女の命をあてがっておいて、まさか正気では大の男ひとりどうしようもないから、いつの間にかしびれ薬をのませてしまう。そして、若だんながぐったりと意識を失ってのびてしまうと、

「ふん、ざまあみやがれ」

と、せせらわらって、船をどこかの岸へつける。そこに悪党たちが待っている。若だんなを縛りあげ、どこかへ運んでいったのだ。

――きっと、しびれ薬だわ。そうにちがいない。

お品は青くならずにはいられなかった。

そうなると、それを助けに行ったあの人はどうなるんだろう。

深川の佐賀町なら、ここからそう遠いというところじゃない。あの人が出ていったのは、まだ八つ(二時)すぎだった。どんなに手間取っても、夕がたまでには帰ってこなければならないはずである。それなのに、今はもうかれこれ宵《よい》すぎだ。

——どうしたんだろうな、あの人。

お品は居ても立ってもいられなくなってくる。どこかで悪党どもに取りまかれて、ずいぶん戦ったのだけれど、とうとうたたきのめされて、いまごろ半死半生にされているのではないだろうか。

「お品、水をくれ、水を」

またしても血みどろの喜太郎の顔が出てきて、そういう声まではっきりと耳につく。

あの人はもう意識を失いかけて、あたしがそこにいるかいないかさえわからなくなっているのだ。そして、あたしのことばかり考えて、あたしがそこにいはすまいかと、名を呼びながら、手さぐりをしているのだ。

「喜太さん、あたしはここにいるのに」

「ああ、お品、おれはもうだめだ。もうじき死ぬ」

「死んじゃいやだったら」

「おれも死にたくはねえ、おまえを残して行くのは心のこりだが、こうなっちゃもうだめだ。せめて、せめてこの手をしっかり握っていてくれ。おれはひとりで死ぬのが寂しい」

「死んじゃいやだったら。ちくしょう、だれが、だれが、あんたをこんなめにあわせたのさ」

お品は思わず炉の中の火ばしを握りしめながら、はっと油障子のほうへ目をやった。

そろりそろりと音のしないように、出入り口の油障子があいているのである。

「あっ、喜太さん」

血みどろになった喜太郎が、やっとここまで逃げてきて、力つきて倒れ、それでもなんとかして障子をあけてはいろうと、もがいている。そんな姿を思いうかべたとたん、お品はわなわなとからだじゅうがふるえながら、夢中で土間へはだしのまま飛びおりていた。

お品半狂乱

「喜太さん——」

がらりと油障子を引きあけると、黒い影がぱっと飛びあがるように、往来までうしろっ飛びにして、

「ああ、びっくりした」

と、そこへ立ちながら、胸をたたいている。手ぬぐいでほおかむりはしているが、このあいだ暇を出した船頭の亀だとは、そのまのぬけたかっこうでひと目でわかった。

「なあんだ、亀さんじゃないか」

ほっと安心したような、がっかりしたような、一瞬お品は世にもぽかんとした気持ちである。

「こんばんは、お品さん」

そろりと泥亀はお品のほうへ寄ってくる。

「亀さん、どろぼうねこみたいに、いま変な戸のあけ方をしていたわね。あれ、なんのまね」

お品は急に強い顔になって、にらみつけてやる。喜太郎にだけは甘いが、ほかの男にはとらのように強いお品なのだ。

「しっ、大きな声を出しちゃいけねえや」

「おや、居直るつもり、亀さん」

「そ、そうじゃねえんで——。なるべく親方の耳へは入れたくないことなんだ」

亀はしきりに家の中を気にしている様子である。

「変ねえ。じゃ、あたしになんか用なの」

「いまお品さん、ここをあけるとき、喜太さんかえといっていたね。喜太さんを待っているんかね」

にやりとわらいながら、亀はそろそろずぶとい顔になりかける。

「大きなお世話じゃないか。よけいなことをいわないで、用があるんならさっさとおいいなさいよ」

「ところが、よけいなことじゃないんだ。じつは、その喜太さんにたのまれてきたのさ」

「そうお——。なにをたのまれてきたの」

どきりとはしたが、こんな小悪党のいうことは、うっかり信用できない。わざと冷淡な顔をしてやる。

「お品さん、知らねえんだな」

「なにをさ」

「まさか、喜太さんがきょう、佐賀町へ行ったことは知っているんだろうね」

「知ってるわ」

「おれはその佐賀町の文字富って師匠の家の近所で、夕がたばったり喜太さんに会っちまったんだ。やあ、見た顔だな、喜太郎さんじゃねえかって、声をかけると、ああ、兼田の亀さんかと、向こうでも知っていてね、こんなところへなんの用できたんだえときくと、じつは文字富の家へ用があってきたんだが、ひっこしている、そのひっこした先がわからないんで、困っているところだというのさ」

どうやらありそうな話なので、お品は用心しながらも、だんだん本気な顔になる。

「文字富のひっこした先なら知ってるぜ、あの女の亭主みたいな行徳の梅吉ってのとは、おれの賭場友だちなんだと話してやると、そうか、それはちょうどいい、少し聞きたいことがあるんだが、立ち話もできないからって、近所の一杯屋へ誘いこまれたんだ。すると、あの話なんだ」

「なにさ、あの話って」

「知ってるんだろう。金五郎若だんながきょう文字富に誘い出された話は」

またしても、にやりとわらってみせる亀だ。

「それなら知ってるわ」

「だからよう。はあてなと、おれは首をひねったんだ。さっき仙台堀の八百鉄親分の家の前へ、屋根船がついたぜ。船から文字富があがってきて、親分の家へはいると、中から子分が四、五人飛び出してきて、妙にあたりを見まわしながら、屋根船へおりていき、まもなく病人かけが人か知らねえが、正体のない若い男を家へかつぎこんでいったが、それが若だんなだったかなって、おれがいうと、喜太さんも、きっとそうにちがいねえということになったんだ」

「まあ。じゃ、若だんな、やっぱりしびれ薬かなにかのまされたのね」

今も今そんなことを考えていたばかりのところだから、お品は思わずまゆをひそめずにはいられない。

「そうなんだ。文字富って女は、あんな虫も殺さねえ顔をしていながら、どうしてすごい悪だからね。それで喜太さんがいうんだ。おれはこれから八百鉄の家へ若だんなを取りかえしに行くが、お品さんのことで八百鉄から恨まれている、ひょっとすると命がけになるかもしれねえ。おれにもしものことがあったら、おまえそっと見ていて、すぐにお品に知らせてやってくれねえか、証拠にこれをわたしておくといってね、中へお使い賃を一両入れて、このさいふをわたしてくれたんだ」

亀はふところから縞《しま》のさいふを出してみせる。手に取って見るまでもなく、それはこのあいだ自分が喜太郎にこづかいを入れてわたしておいたさいふなのだ。

「それで、それであの人、ひとりで八百鉄の家へ乗りこんだの」

さあたいへんなことになったと、お品は胸がふるえてくる。

「うむ。そいつは乱暴だ。ひとりじゃ喜太さんがいくら強くても、とてもかなないっこねえからと、おれは何度もとめたんだが、喜太さんとくると度胸がよすぎるからね、とうとうひとりで仙台堀へのりこんでしまったんだ」

「それで、それで、どうなったの、あの人」

「おれはこっちからそっと見ていたんだが、上がり口の土間でえらい物音がしだしてね、ずいぶん長いこと喜太さん大あばれにあばれていたようだが、なんったって多勢に無勢だ、とうとうたたきのめされて、子分のやつらにかつぎ出され、上ノ橋のそばへほうり出されちまったんだ」

「どうしよう、あたし」

お品はかあっと頭へ血がのぼってきて、いまにも目まいがしそうである。

「おれは殺されちまったのかとずいぶん心配したんだが、子分のやつらが帰っちまったあとで、喜太さん、どうした、しっかりしろと、そばへ寄ってみると、なあにまだ死にゃしねえ、だいじょうぶだ。けど、くやしいが足腰が立たねえ、すまねえが船でつれてってくれっていうんでね、おれはいそいで船を用意して、やっとそこまで船をこいできたんだ」

「どこ、――どこなの、その船」

「おれはかまわねえから、兼田の桟橋《さんばし》へつけようっていったんだが、そいつはいけねえと、喜太さんはいうんだ、兼田のとっつぁんは大のばくちぎらいだ。そのばくちうちとけんかをしてこんな血だらけな姿を見せたら、どんなに情けながるかしれねえ、年寄りには心配させたくねえから、船は柳橋の下へつけて、とっつぁんに知れねえように、お品さんだけ呼んでくれってね、じつはもう喜太さん、虫の息なんだ」

「亀さんのまぬけ。なんだってそれから先にいってくれなかったんですよう」

血相を変えたお品は、いきなり亀を突き飛ばして、ばたばたと柳橋のほうへ駆けだした。

「お品、水をくれ、水を」

血だらけの喜太郎が呼んでいるのが今こそはっきりとまぶたにうかんで、もう半狂乱のお品だ。

喜太郎怒る

「亀さん、どの船――」

夢中で柳橋にいちばん近い桟橋《さんばし》まで走ったお品は、気もそぞろにそこに立ち止まって、あとからついてくる亀吉を振りかえった。

宵《よい》をすぎて、空に春めいたおぼろ月はあるが、夜はまだ川風がはだに冷たく、船遊びという季節には早いから、どこの桟橋にも暗い屋根船や猪牙《ちょき》がのっそりとつないである。その船のどれかに、血だらけの喜太郎がうめいているはずなのだ。

「あの船だ、お品さん」

亀吉はすぐそこの船を指さして、それとなくお品のたもとをつかみ、一気に桟橋を駆けおりようとした。

「待て、泥亀。お品をどこへつれていくんだ」

その泥亀のえりくびを、ふいにうしろから引っつかんで、ぐいと引きもどした者がある。恐ろしい力だ。

「な、なにをするんだ」

びっくりして振りかえった亀吉が、あっと青くなったのと、

「まあ、喜太さん――」

そこに片手でてんびん棒をつき、片手で亀吉のえりくびをひっつかんで、さっそうと突っ立っている喜太郎を見て、一瞬お品がぽかんとあいた口のふさがらなかったのと同時だった。

「お品、おまえ泥亀にだまされたな、どこへ行く気だったんだ」

はっとお品は我にかえって、いっさいが亀吉のうそであったのを悟り、

「喜太さん――」

と、思わず喜太郎のてんびん棒の手へすがりついていく。

その間にも泥亀は、えりくびの手を振り切って逃げようともがいたが、喜太郎の手が放れればこそ――。

「助けてくれえ、兄いたち」

とうとう船のほうへ悲鳴をあげて、それこそ亀の子のように手足をばたばたや

りだした。

「この野郎、仲間がいるんだな」

見ると、桟橋の下の屋根船から、ぬすっとかぶりのやつがふたりはい出して、ひとりがあわてて船のもやいを解く間に、ひとりが棹《さお》を取ってぐんと一つ岸へ突っ張り、船はたちまちゆらゆらと柳橋の下のほうへ岸放れしていく。

「待ってくれよう、兄いたち」

泥亀は情けない声を出したが、ぬすっとかぶりたちは薄情にも返事一つしようとせず、大川のほうへぐんぐん逃げだしていくのだ。

「亀、だれだ、あの野郎たちは」

「知るもんか」

「よし、――お品、これ持っててくれ」

喜太郎はてんびん棒をお品に預けて、逃げた船は追うすべもないし、泥亀さえつかまえておけば、船の野郎も、金五郎の行くえもわかると思ったから、いきなり亀吉の腕を取ってねじあげる。

「あいてて――。ちくしょう、さあ、殺せ」

顔をしかめてのけぞりながらも、口だけは達者な泥亀だ。

「黙って歩け、バカ」

いくら夜でも色町だから、往来ばたでは人だかりがする。喜太郎はうしろから亀吉の背中をこづきながら、兼田の店へ引きかえすことにした。

――ほんとに、あぶないところだった。

お品はいまさらのように足ががくがくする。もうひと足喜太郎の来てくれようがおそかったらいまごろはあの悪党たちの船へ乗せられて、どこかへつれていかれ、どんなめにあわされたか、考えただけでもぞっと背筋が寒くなる。それにもましてうれしいのは、喜太郎が無事でいてくれたことだ。しっかりとその男のたもとにつかまって歩きながら、あれを思い、これを考え、お品はただわくわくと感情が高ぶるばかりで、口もきけない。

「さあ、はいれ。野郎」

油障子をあけて、亀吉を土間へ押しこみながら、今夜の喜太郎はほんとうにおこっているようだ。

お霜が台所口から顔を出して、びっくりしている。

「泥亀、おまえだれにたのまれて、さっきおれを洲崎へひっぱり出したんだ」

喜太郎は容赦《ようしゃ》なくすぐ亀吉を土間へねじ伏せて、片ひざでぐいと背筋を押えつけながら責めだす。

「あいてて——知るもんかい」

「野郎っ、これでも知らねえか」

ねじあげている手と、押えつけているひざへじわじわと力がはいる。

「わっ、いてて、こんちくしょう、さあ、殺せ」

「よし、殺してやる。おまえのような悪党は、世間のためにも殺しちまったほうがいいんだ」

低いが、その忿怒《ふんぬ》のこもった声音《こわね》が、いつもの喜太郎とちがうので、ぐったりと上がりかまちに腰をおろして見ていたお品は、

——まあ、喜太さんはほんとうに亀吉を殺す気じゃないのかしら。

と、さすがに心配になってきた。

「ううむ、ちくしょう、う、む、いてて。助けてくれえ」

泥亀はからだじゅうの骨がめりめりいいだすと、まっさおになった額にあぶら汗をうかべて、とうとう泣き声を出しはじめた。

「そんなら、なにもかも白状するか」

「する、白状する。手をゆるめてくれ」

「よし」

喜太郎は手とひざをいっしょに放して、すっと立ち上がった。

亀吉はまだぐったりとなったまま、せいせい肩で息を切っている。

「起きろ、泥亀」

「もう少し寝かしといてくんな、からだが動かねえや」

泥亀はそんなふてくされたことをいいながら、まだ心から降参はしていないようだ。すきがあったら逃げ出してやろうと考えているのだろう。

「そうか、ほんとうに起きられねえか。——お品、そのやかんを取ってくれ」

喜太郎は炉《ろ》の上でたぎっている銅の大やかんを指さす。

「どうするの、喜太郎さん」

「いちいちきくでねえ」

こわい顔だ。

「いやだ、そんなににらんじゃ」

お品はこわくなって、いそいでいうなりに大やかんをおろしてくる。

「はい、あんた」

「おまえは目をつぶっているだ」

喜太郎はやかんをうけとって、まだ寝そべっている泥亀の背中の上へ持っていく。

「亀、起きねえと、これをぶっかけるぞ」

「わあっ、起きます、起きます」

煮え湯をぶっかけられてはたまらないし、またほんとうにぶっかけそうな喜太郎のつらだましいなので、亀吉は肝《きも》をつぶして、ぴょこんとそこへひざっ小僧をそろえて起きなおる。

「さあ、だれにたのまれて、おれをだましたんだ。いえ」

喜太郎はやかんをお品にわたして、じいっと泥亀の目を見すえる。

「権太に、権太にたのまれたんだ」

「八百鉄の子分だな。梅吉といっしょだろう」

「うむ、梅吉もいた」

「いま船で逃げた兄いたちってのはだれだ」

「子分なんだ」

「やはり八百鉄の子分か」

「うむ、子分だ」

「恵比寿屋の金五郎は、いまどこに押しこめられているんだ」

「そいつは知らねえ」

「じゃ、梅吉はいまどこにいるんだ」

「そいつも知らねえ」

「おまえはきょう権太や梅吉と、どこで会ったんだ」

「洲崎の賭場《とば》で会ったんだ」

「八百鉄の賭場だな」

「そうだ」

「お品をさらって、どこへつれていくところだったんだ」

「知らねえ。おれは船までつれこむ役なんだ」

「今までいったことに、うそはねえだろうな」

「うそはねえ」

喜太郎はじっと泥亀の目をにらんでいたが、どうもそれ以上のことは知らぬらしい。また、こんな吹けば飛ぶような三下奴《さんしたやっこ》に、八百鉄や梅吉が肝心《かんじん》のことをしゃべるということも考えられない。

「亀、かんべんしてやるから、もう帰れ」

「ほんとうか、喜太さん」

亀吉はきょとんとしたようだ。一度はやみ討ちの手引きをし、いままたお品をさらう手先を働いているのだ。番屋へ突き出されてもしようがないし、そうまではされないまでも、半殺しのめにあわされたうえ、この野郎はくそ力があるから、腕の一本ぐらいは折られるかもしれないと、観念していたのだろう。

「うむ、憎いやつじゃあるが、これ以上おまえのような頭の足りないやつを、いくら責めてみたところではじまらねえだろうからな」

「へえ、そのとおりでござんす」

なんといわれても、痛い思いはしないほうがありがたい亀吉なのだ。

「そのかわり、亀、おまえこんど八百鉄の一家の者につかまると、命がねえぞ。おまえはもう裏切り者と見られているんだ。やつらは義理も人情もないけだものだから、きっとおまえを殺す。よく覚えておくがいいぞ」

「へえ、よく覚えておくでござんす」

「わかったら、さっさと出ていけ」

「ありがとうござんす。助かりますでござんす」

泥亀はぺこぺことおじぎをしながら、こわそうに喜太郎のそばをよけて通り、がらっ、ぴしゃっと油障子をあけて締めて、いっさんに表へ駆けだしたようだ。

人切り稼業《かぎょう》

亀吉が出ていってしまうと、喜太郎はむっくりと上がりかまちへ腰をおろして、考えこんでしまった。

きょうは昼すぎから今まで駆けずりまわって、やっとわかったことは、こんどの金五郎誘拐《ゆうかい》は行徳の梅吉と八百鉄とがぐるで、八百鉄はついでにお品までねらっているということだけだ。肝心《かんじん》の金五郎がどこに監禁されているかは、まるっきり見当がつかない。

——いったい、これからどうすればいいんだろう。

さすがに喜太郎も途方にくれざるをえない。いや、手段がないわけではない。事を明るみへさらけ出して、お上《かみ》の手で八百鉄や梅吉をつかまえて、調べてもらえばいちばん早い。が、それでは文字富などという悪い女にひっかかった金五郎のだらしなさが世間に知れて、これからの一生に傷がつく。それもあるし、こっちがお上の手を借りたと敵に知れると、相手は冷酷むざんな八百鉄一家だから、破れかぶれで金五郎のからだへどんなまねをするかもしれない。それがこわいのだ。

残る手段はたった一つ、これからひとりで八百鉄の家へ乗りこみ、いちかばちか命がけの掛け合いをやってみることだ。が、これはことによると刀を抜かなければおさまらないことになるだろう。自分が切られるか、相手を切って凶状《きょうじょう》の罪をもう一つ重ねるか、どっちにしても故郷に待っているおやじさまや弟に、またしても嘆きを見せることになる。

「どうしたのよう、喜太さん」

いつまでたっても喜太郎が石のように黙りこくって、やさしいことば一つかけてくれようとしないので、お品はたまらなくなり、とうとう泣き声を出しながら、喜太郎の背中へすがりついていった。

「お品、あの野郎、おれのさいふ持って、おまえをだましにきたんかね」

喜太郎はやっと我にかえったようにきく。

「しかっちゃいやだ。あいつ、あんたのさいふを見せて、あんたが八百鉄の家へあばれこんで大けがをした、それをどうにか船で柳橋の下までつれてきたけど、おとっつぁんに心配かけたくないってあんたがいうから、そっとあたしを迎えにきたっていうんだもの」

「うまいうそをつくなあ、たぶんそんなことじゃないかと思ったんで、おれ飛んで帰ってきてみたが、まにあってよかった」

どうやらおこっているんじゃないと思うと、お品はほっとして、

「今まであんたどこにいたのよう」

と、声まで甘くなって、ほおを押しつけていかずにはいられない。

「おれも泥亀のやつに、文字富は洲崎弁天の裏へひっこしたと、うまくだまされて、洲崎の海っぱたまで行くと、八百鉄一家のやつが五人ばかりで待ち伏せしていたんだ」

「まあ、あぶない」

「なあに、そのためにわざわざてんびん棒をかついで出かけたんだから、五人や十人には負けねえけれど、困ったのは若だんなだ」

「あんた、ご飯まだなんでしょう」

「うむ、あんまり腹もすかねえんだ」

さっき泥亀をやっつけたときの勢いとうってかわって、からきし元気がなくなっている喜太郎なのだ。やっぱり、金五郎のことが気になるのだろう。

「ねえ、あがったらどうなの。少しお酒でものんでみたら、気が晴れるんじゃないかしら」

「そうもしていられないんだ」

「どうしてさ。これからまたどこかへ出かける気なの」

「うむ、ちょっと行ってくる」

「どこへさ」

「お品、ここんちに兄貴の長脇差《ながどす》はしまってないかなあ」

お品はどきりと目をみはって、

「あんた、あんたは八百鉄一家へ押しこむ気なんですね」

と、思わず顔色が変わってくる。

「いやだ、あたし、やらない。そんなことしたら、あんた、自分から殺されに行くようなものじゃありませんか。いやだ、あたし」

「なあに、めったに殺されはしねえけれど、江戸にいられなくはなるかもしれねえな」

「いやだったら――あんたはあたしがかわいそうだと思わないんですか。あたしは放さない。そんなあぶないとこへなんか、だれがやるもんか」

お品は首っ玉へしがみついて、ぎゅうぎゅう抱きしめながら、

「ねえ、お願いだから、行かないといって。行かないでしょう、あんた。やめてくれますね」

と、もう半分泣き声になっている。

喜太郎はお品のなすにまかせながら、黙ってじいっと足もとを見ているのだ。

ちらっとその横顔を見て、お品ははっとした。喜太郎の決心は、女の愚痴《ぐち》では動かないと、その顔色でわかったからだ。無理にとめれば、黙って行ってしまうだろう。

「あんた、どうしても、あたしをおいていく気なのね」

お品はぺたんとそこへすわって、思わずたもとを顔へあててしまった。

「あたしは若だんながうらめしい」

あんな女にだまされるなんて、若だんなのバカと、お品はほんとうに金五郎が憎くてたまらなくなる。

「おれはな、お品、もうがまんできなくなってきたんだ。ここのおとっつぁんは、

おれに二度と凶状をかさねさせたくないと思って、払わなくてもいい言いがかりの借金を、黙って五十両八百鉄にとどけたんだ。いってみれば、人の親の慈悲《じひ》だ。それを黙ってぬけぬけと取っておきゃがって、まだお品をねらう。今夜もしおまえのからだにまちがいでもあったら、おとっつぁんはどんな気がするだろうと考えたから、おれはどうにも腹がたってきて、あの野郎を生かしておけなくなってきたんだ」

喜太郎はたぎってくる義憤《ぎふん》を、じっと押えているようである。

「金五郎の親ごさんたちだって、おなじことだ。女にだまされたせがれをバカと思うより、だました女が憎い、しかもやつらはちゃんともう金五郎から五十両巻きあげているんだ。そのうえまだ親たちに難儀をかけようなんて、あんまりすることがあくどすぎる。黙っていればどこまでつけあがるかわかりゃしねえ。どうせおれは一度親に泣きを見せたからだなんだから、せめてこんどは人の親たちのために、このからだを張ってみようという気になった。だから、お品、おまえにはすまねえが、おれのことはあきらめてくれ。たのみます」

「いやだ、あたしはいやだ」

理屈はわかっても、一生にたった一度の恋、その恋しい男がどうして死ににゃれるものかと、お品は泣きながら強くかむりを振る。

「おこるぞ、おれ」

「おこっちゃいやだ」

お品がまたしてもだだっ子のようにすがりついていこうとしたとき、がらりと油障子があいた。

「あ、いやあがった。先生」

ひょいと顔を出した権太が、喜太郎を見てすばやく身をひいたと見ると、五分月代《さかやき》、着流し、雪駄《せった》ばきといったご家人くずれらしいやつが、ぬっともう土間へはいってきた。

「おい、恵比寿屋の喜太郎というのはおまえか」

じろりと見すえるように、頭からおうへいな口をきく。

「お晩でござえます。どなたさまでございましたっけね」

喜太郎はわざとていねいにおじぎをした。

「お品というのはおまえか」

人を人くさくも思っていないつら構えで、思わず喜太郎にぴたりと寄りそっているお品のほうへ目を移す。

お品は黙ってにらみかえしてやった。

「なるほど、いい女だな。これじゃだれかが悪どくほれるわけだ。おい、そうおこっていないで、もう少し男のそばを離れちゃどうだ。人前ではもっと遠慮をするもんだぞ」

「お目ざわりでしたら、どうぞおひき取りくださいまし」

「あは、は、なかなかやるな。泣いたような目をしているが、店先で痴話《ちわ》げんかでもやっていたのか」

「ちがいます。目にごみがはいったので、いまこの人に取っていてもらったんです」

「もう取れたのか」

「人のお世話にはなりません」

「そうもいかねえようだ。ぜひおまえを世話してえという熱心な男がある。どうだ、世話になってみる気はないか」

「お断わりいたします。あたしにはもうきまった人があるんです」

「この喜太郎という男かね」

「そうです」

「きのどくだなあ。この男はもうすぐ首がなくなる」

「お武家さま、あんまりからかわねえでくだせえまし。お品は気が弱いから、虫をおこすと困るです」

喜太郎がわらいながら、そばから口を入れた。

「そうか。それじゃ表へ出てもらおうかな」

「おれになんか用ですかね」

「うむ。おれはご家人くずれで、人切りを稼業にしている桜井鬼五郎《さくらいおにごろう》だ。見知りおいてくれ」

「あんまり自慢になる稼業じゃねえようですね」

「これも稼業ならやむをえねえ。とにかく表へ出よう。気の弱い女の前で、人切りの掛け合いでもあるめえ」

「それもそうでごぜえますね。承知したです」

口から出ほうだいを並べているが、こいつは手ごわい。目のくばりでわかる。てんびん棒じゃあぶないと見たので、

「お品、兄貴の長脇差があったら出してくんな」

と、わざと亭主づらをして見せる。

「はい」

目の前に強敵があらわれたのでは、死んじゃいやだとも甘ったれてはいられない。恋しい男の一大事なのだ。お品も覚悟をきめて、しゃっきりと立ち上がった。

外にまだ何人待っているのか、それとも案内役は権太ひとりか、春の夜はひっそりとして、ようやくたけていくようだ。

度胸剣術

「はい、これ――」

お品は仏壇の下の押し入れから、死んだ兄島吉の長脇差を出してきて、たもとでぬぐいながら、土間に待っている喜太郎にわたしした。その手がかすかにふるえているのは、

――にいさん、喜太さんの命を守ってあげて。

と、せつなく胸の中で念じているからだ。

「ありがとう。ちょいと見せてもらうよ」

喜太郎はそうことわって、長い間しまってあった長脇差だから、念のためにすぐ鞘《さや》を払ってみる。よく手入れが行きとどいていて、一点のくもりさえない。

「たった一つのにいさんの形見だもんだから、おとっつぁんがときどきそっと出して見ているんです」

そばからお品が説明してくれた。

「すまねえなあ、そいつを持ち出しちゃ」

「いいのよ。役にたてばにいさんもきっとよろこぶわ」

ふっと涙が出そうになるのを、桜井鬼五郎の前だから、お品は歯をくいしばってがまんする。

「きのどくだが、そんなものはあんまり役にたたんだろう」

入り口のそばで、ふところ手をして待っている鬼五郎が、せせらわらうようにいった。

「じゃ、お品、借りるよ」

喜太郎は相手にならず、刀を鞘におさめて、しっかりと腰にさし、

「兄貴といっしょだと思うと、心じょうぶだ」

と、にっとわらってみせる。

「死ねばあたしもいっしょなんだから——。忘れちゃいやだ」

人目がなければすがりつきたいのにと、お品の目が火のように燃える。

喜太郎はうなずいて、くるりと鬼五郎のほうを向いた。

「桜井さん、お待たせしたです」

「在郷のいろ男、おまえいいところを見せつけるな」

「おかげで苦労が絶えねえです」

「なあに、もうすぐおれが楽にしてやる」

「まあ、表へ出てからのことにしますべ」

「よかろう。またぐ敷居が死出の旅か」

鼻歌まじりに鬼五郎はのっそりとひと足先へ出る。

「お品、出るんじゃねえぞ」

振りかえって、お品にいいおいてから、喜太郎はあとにつづいた。すばやくあたりを見まわしたが、河岸《かし》っぷちに立っているのは案内役の権太ひとりで、ほかにはだれもいないようだ。

「おや、桜井さん、ひとりかね」

喜太郎はちょっと口うらをひいてみる。

「大きく出たな、奴《やっこ》、おれひとりじゃ不服だといいてえのか」

「ちがうです。桜井さんはやせても枯れてもお武家さんだから、そんなことはねえでしょうが、八百鉄だの、その身内だのってのは義理も仁義も知らねえけだものたちばかりだから、桜井さんにおれをひっぱり出させておいて、あとでどんな小細工をするかもしれない。それじゃお品がかわいそうだから、できればこの家の前で話をつけてくれねえでしょうか」

喜太郎はなるべく兼田のあたりを離れたくないのだ。

「そうか。じゃ、早いとこここでやるか、おれはどこでやっても、おまえさえかたわにすれば、それで役目はすむんだ」

「深川の八百鉄にたのまれてきたんですね」

「そいつは口にしないのが悪党の仁義だ。しかし、たとえここでやっても、おまえがかたわになってしまえばお品は守りきれない。どうだ、いっそおまえ、おとなしくお品を相手にゆずる気はないか。相手もまさかお品を取って食おうというんじゃない。うむといいさえすれば、したいざんまいにかわいがって、そのうえおやじのめんどうも見てやろうというんだ。お品さえその気になれば、おれもよけいな殺生をしないですむ。ひとつ相談してみる気はないか」

「むだだと思いますねえ。たとえ相手が公方《くぼう》さまでも、おれの目の黒いうちは、お品はうむといわねえでしょう。なにしろ、おれに首ったけなんでねえ」

「そうか。じゃしようがねえ、ここでかたわにすることにするから、刀を抜け」

鬼五郎はにたりとわらいながら、目くぎにしめりをくれる。

「いよいよやるかね」

びくともしない喜太郎だ。

「来いっ」

ふっと抜刀《ばっとう》して、鬼五郎はいきなり大上段に振りかぶった。腕に自信があるから、てんで喜太郎ぐらいはのんでかかっているのである。

「おうっ」

ぱっと飛びすさって長脇差を抜きあわせた喜太郎は、むろん青眼だ。

——こいつはすごい。

案の定、人切り鬼五郎と自称するだけあって、桜井の上段には一撃必殺のすごみがひそんでいるようだ。加うるに、性格は世をすねて冷酷残忍、人を人臭くも思わず、わが腕を誇って、むしろ人を切ることをたのしんでいるようだから始末が悪い。こっちに少しでもこわいとか、かなわぬとか、そういう動揺の色があれば、容赦なくのしかかってくるだろう。

腕まえからいっても、桜井は心形刀流《しんぎょうとうりゅう》の免許、正式に道場で何年も修業しているのだから、いなか修業の喜太郎など、竹刀《しない》を持っての試合ではとうてい足もとへも及ばない。

が、喜太郎は初めから捨て身だった。切るか切られるかの真剣勝負となると、腕より度胸がものをいう。

切るなら切ってみろ、ただ切られるものか。そっちが切ってくれば、こっちも捨て身の突きに出て相打ちに行ってやる、上段から振りおろすそっちの太刀《たち》が早いか、まっしぐらに突いて出るこっちの長脇差のほうが早いか、勝負は一瞬できまるのだ。

わざではかなわなくても、持って生まれたくそ度胸のうえに、けんか場の白刃の下を何度となくくぐってきている喜太郎だ、全身に不敵な闘志をみなぎらせて、じっと鬼五郎のしかけを待っている。

しまった。侮《あなど》って上段に取った鬼五郎は、とっさに後悔していた。相手の腕はそう恐れるに足りないが、すさまじい気魄《きはく》だ。うっかり切って出ると、敵はよけもかわしもせず、逆に火の玉となってからだごと突きに飛びこむ。へたをすると相打ちだ。

人の命に対しては冷酷残忍になれても、自分の命は惜しい。こんなやつと命の取りかえっこじゃつまらないと考えると、それだけ鬼五郎の弱みになる。

「えいッ」

その弱みを見せまいとして、鬼五郎は気合いいっぱいにぐいとひと足踏み出す。喜太郎は無言で受けて動かない。へたに動くとうわての敵のわざにひっかかるおそれがあるし、こっちは突いて出る機会さえつかめばいいのだから、動く必要はないのだ。むしろ、敵が一歩近くなった。こっちから飛びこんでやるからという、不敵なつらだましいさえ見える。

あぶないと見た鬼五郎は、すっともとの位置へさがってしまった。くそっ、とは思ったが、どうにも手におえない。といって勝負が長びけば、近所の者が出てくるから、こっちの不利になる。いや、すでに兼田の両隣の船宿の入り口に、いくつかの顔がかさなって、じいっとこっちを見ているのだ。こいつらが同業のよしみで騒ぎだすと、事めんどうになる。人切り稼業は、早いところ切って、さっと引きあげるところに妙味があるのだ。

——あっ、喜太さんがあぶない。

出るなといわれたが、むろん出ずにはいられないお品である。はだしで家の軒《のき》下《した》まで飛び出して、もう魂も身にそわぬ。堂々たる鬼五郎の上段に、見た目には喜太郎を頭から圧倒して、喜太郎のかっこうはへびに見こまれたかえる、そんなふうにしか見えない。

——どうしよう、あたし。

いまにもだいじな男が切り倒されるのではないかと思うと、居ても立ってもいられない気持ちだ。

と、目の前の自分の家の桟橋から、ぬっと三人ばかりぬすっとかむりの男があがってきて、そこに立っている権太となにかうなずきあっている。さっき船で逃げた八百鉄の子分たちにちがいない。きっと鬼五郎に加勢しようというのだろう。

——たいへんなことになった。

喜太さんは鬼五郎ひとりでももてあましているのにと、お品がまっさおになったとき、権太が先だちで、四人いっしょにふいにばらばらっと、自分のほうへおどりかかってきた。

「あっ、な、なにを——」

「おとなしくしてろっ」

ふたりが両方から腕をつかみ、ひとりがうしろから肩をおして、ぐいぐい桟橋のほうへ引っ立てようとする。

「助けてえ、喜太郎さん」

必死に身もがきして、金切《かなき》り声をあげたが、その口もたちまちうしろのやつの手でふさがれている。

そのお品の悲しい金切り声を耳に聞いて、くそ、やりやがったなと、喜太郎が歯がみをしたとたん、

「待て、喜太公」

ひょいと人切り鬼五郎が飛びさがって刀をひいた。

「待てたあなんだ」

「まあ、待て」

鬼五郎はそういって、くるりとお品をさらっていく子分たちのほうを向く。

「おいおい、てめえたちはなにものだ」

「冗談じゃねえ、先生、あっしたちだ」

権太がわかってるじゃねえかといわぬばかりの顔つきで答える。

「ふうむ。てめえたちはその娘をどうしようっていうんだ」

「親分のところへつれていくんでさ」

「人さらいか――」

「なんですって」

「おれは喜太郎を切ってくれと頼まれはしたが、かどわかしのてつだいをしてくれと頼まれたおぼえはねえぜ」

「だから、先生、そっちはそっち、こっちはこっちなんでさ」

「ならねえ」

鬼五郎が一喝《いっかつ》した。

「やせても枯れても、おれは武士の端くれだ。かどわかしやぬすっとのてつだいは断わる。なんでおれと喜太郎の勝負がつくまで黙って見ていなかったんだ」

「そんなこと、どっちだっておんなじだと思うがなあ」

権太は目をぱちくりさせている。

「バカをいえ、おれがまだ喜太郎と勝負をしている間に、てめえたちがお品をさらっていったんでは、おれも承知でかどわかしのてつだいをしたことになる。今もいうとおり、おれはぬすっとやかどわかしはまっぴらだ。この仕事は断わるから、あとはてめえたちでかってにしろ」

　鬼五郎は鍔《つば》鳴りの声高く刀を鞘におさめ、

「喜太郎、聞いてのとおりだ。今夜はおれは手をひく、いずれまたそのうちにおりがあったら、今夜の勝負をつけよう」

　そういい捨てて、ぬすっとかむりどもがあっけにとられている間に、さっさと浅草橋のほうへ歩き去る。

「おい、かどわかし野郎、行くぞ」

　あまりにも悪どすぎる八百鉄一家の卑劣さに、さっきから煮えかえるような怒りが腹にたぎっている喜太郎は、すかさずだっと権太に切りつけていった。

「わっ、あぶねえ」

　権太はびっくりして、夢中で横っ飛びに逃げ、その逃げたほうがあいにく河岸っぷちだったので、たちまちどぶうんと川の中へ水しぶきをあげている。

「やっちまえ」

「たたっ切れ」

　お品を押えていたやつらも、今はそれどころでなく、うろたえて長脇差を引き抜いたが、自分たち三人きりではとても喜太郎にかなわないと見たのだろう、だれからともなく、ばたばたっと柳橋のほうへ逃げだした。

「待てっ、野郎」

猛然とあとを追いかけようとする喜太郎の胸の中へ、

「いけない、喜太さん」

髪も衣紋《えもん》も振り乱してまっしぐらに走って出たお品が、はじかれたようにしがみついていった。

「のけっ、お品」

「いいえ、待って、行っちゃいやだ」

その間にぬすっとかむりどもはどんどん逃げのびてしまう。気がついてみると、近所の軒下へみんな人が出てきて立っているのだ。こんなところでいつまでもごたごたしていてはみっともない。

「もういい、お品、おれ行かねえから、家へはいれ」

喜太郎は追うのをあきらめて、長脇差を鞘におさめ、

「ご近所さま、お騒がせして申しわけねえです」

軒下の人たちにあいさつをして、いそいで家へはいった。

女のしあわせ

「お品、どこもなんともしなかったか」

　はだしでしょんぼりとついて土間へはいりながら、それでもまだたもとをしっかりつかんで放そうとしないお品の姿を見ると、喜太郎はさすがにいじらしくなる。

「あたしもう、ひとりで家にいるのこわい」

「だから、おれ、おやじさまが帰ってくるまで、いっしょにいてやるべ」

「ほんとう、喜太郎さん」

「うむ、ほんとうだ」

　今夜のように執拗《しつよう》にねらわれたのでは、お品ひとりおいていくのは心配だし、八百鉄一家へ切りこむのはもっと夜がふけてからでもいいと、喜太郎はとっさに腹をきめたのだ。

「ねえさん、水を持ってきました」

女中のお霜が気をきかせて、台所から小だらいに水を取って持ってきてくれた。

「ありがとう。あんたから先へ洗って」

お品はあくまで喜太郎を帰さない用心をする。

「おれは上がらなくてもいいだ」

おやじのるすに、娘ひとりのところへ上がりこんでいるのは、やっぱり気のひける喜太郎だ。

「そんなこと、いやだったら」

お品は上がりかまちへ喜太郎を押しつけていって腰かけさせ、さっさと足もとへしゃがんで、わらじのひもを解いてやる。あさぎの結《ゆ》い綿をかけた島田の根が、がっくりと落ちていたいたしい。

「髪がこわれちまったぞ、お品」

「四人がかりで、あたしを押えつけるんだもの」

「悪いやつらだ。おれのだいじな嫁っ子をこんなにいじめやがって」

「さあ、いいわ」

足を洗って、ちゃんと手ぬぐいでふいてくれて、喜太郎はもったいないような気がする。

「どうもすみません。おかえしに、こんどはおれ洗ってやるべかな」

「そんなことおとっつぁんに知れたら、女のくせにって、あたし勘当《かんどう》されるわ」

「そういえば、おやじさま、今夜はばかにおそいようだな」

「お客さまのお供で、綾瀬《あやせ》の夜網へ出かけたんだから、どうせ帰りは九つ（十二時）すぎでしょう」

お品は洗った足を横すわりになって、器用にふきながら答える。

「そいつはたいへんだ」

それまでお品の番をしてから深川へ乗りこんだのでは、真夜中になってしまう。

「なにがたいへんなの」

敏感なお品がたちまち聞きとがめる。

「年寄りに夜露は毒だのになあ」

うまくごまかす喜太郎だ。

「稼業ですもの、慣れてるから」

お品は小たらいをお霜にいいつけてかたづけさせ、自分は髪を直しに茶の間へはいっていく。

「あんた、おなかがすいたんでしょう」

「うむ、少しすいてきたな」

「いますぐしたくするわ――ああ、あんた、その物騒な長脇差、押し入れへしまっといて」

よく気のまわるお品だ。これがなくては深川へなぐりこみはかけられない。

「今からご亭主をそうあごで使うようじゃ、先が案じられるな」

「ごめんなさい。あたし髪を直してるもんだから、手がよごれているんですもの」

しめた、お品は仏壇とは反対のほうにいて、仏壇に背を向けているようだ。今のうちに長脇差を押し入れへしまったふりをして、どこかへかくしておこう。喜太郎はふっとそう思いついたので、

「しようがねえです。好きで嫁っ子にするだから、いうことを聞いてやるべ」

と、軽口をたたきながら立ち上がった。

長脇差を持って茶の間へはいってみると、案の定お品は反対側の窓下のほうにうしろ向きになっているが、ちゃんと鏡台がこっちを向いている。

「あ、いけねえ」

鏡の中で顔を見あわせて、喜太郎は思わず苦笑してしまった。

「どうしたの？」

お品の目がいぶかしげにまたたいている。

「おれ、なんだかお品がかわいがってやりたくなっただ」

なんとかごまかしてしまわなくては、このままでは細工がきかぬ。

「だって、手がよごれているんだもの」

ぽっと赤くなりながら、髪をくし巻きにした手の油をいそいでふところ紙でふきはじめる。かわいがってもらうのを、からだじゅうで待っているような姿だ。

義理でも一回は抱いてやらなくてはおさまりそうもない。

喜太郎は長脇差をすばやく茶の間の外へおいて、そっとふすまをしめる。

「さあ、かわいがってやるべ」

わらいながらそばへ寄って、うしろから肩を抱き、顔をあおむけにぐいと胸の中へかかえこむようにする。

「お霜、こないかしら」

舌の先まで甘ったるくなって、うっとり目をつむるくちびるへ、おおいかぶさるようにくちびるをあわせて、そこまではもう何度も経験のあるふたりである。

「お品、ちょっと待ってくれ」

「なあに」

すぐ目の下で細く目をあいて、その目が燃えるようにうるんでいる。

「おれ、ちょっと表を見てくる」

「どうして――」

「権太のやつが川からあがっているかもしれねえ」

「もうとっくに逃げてるわ」

「けど、こんなとこへふいに飛びこまれると、困っちまうからな」

それを口実に、長脇差をどこかへかくしてこようという腹だ。

「だいじょうぶだったら」

「けど、安心はできねえ」

「いやだ、放しちゃ」

かむりをふって、わきの下から背へからみついている右手が男を放そうとしない。

「さあ、たいへんだ」

「どうしたのよう」

「おれ、ちょいと表へ行って見てくる」

「いやっ、いやっ」

「お霜がきたらどうする」

「こやしないわ」

ひっそりとふけていく家の中は、物音一つしない。

「お品」

「なあに」

「おれたちはまだいいなずけの仲でいる約束だったっけな」

「ええ」

「祝言《しゅうげん》もしねえのに、赤ん坊ができるとたいへんだ」

「ええ」

「さあ、もう店へ行くべ」

「ええ」

お品の返事はうわのそらだ。ぐったりと全身から力がぬけてしまって、なにか甘い夢の中へ酔いとろけている。

――しまった。

いつの間にか喜太郎のあいた手が、お品の胸へすべりこんで、乳ぶさをなぶっていたのだ。

——喜太郎、おまえは今夜切り死にをするからだかもしれねえんだぞ、あとでお品を泣かせるようなまねをしてもいいのか。

きびしい反省のむちが、びしりと耳もとで鳴る。

——男ならすぐに立て。たとえお品が泣いても、突っ放して深川へ走れ。

が、女のしあわせを男の腕の中へまかせきって、夢うつつに目を閉じているお品のいとしい顔を見ると、喜太郎はどうにも鬼にはなりきれない。

どろを吐く泥亀

「こんばんは——」

店の油障子がおずおずとあいて、遠慮そうにだれか土間へはいってきたようだ。

はっと聞き耳を立てた喜太郎は、胸の中へ抱いていた夢うつつのお品を、思いきりよくそこへすわらせて、

「お品、だれか来たようだな」

と、その目はもうゆだんのない男の目にかえっていた。

「いやだあ、あたし」

せっかく今夜はふたりきりで、甘い夢の世界へからだごと溶けこんで、ほんとうのご夫婦になれそうだと、うっとりと喜太郎のなすにまかせていたお品は、どうにもまだその夢があきらめきれない。熱ぼったい目をうるませたまま、くずれるように男の肩へすがりついていく。

「こんばんは――」

「それみろ。放さねえか、お品」

「いやだなあ、あたし」

「いや、おれが出てみる」

今夜は再三、悪どい八百鉄一家の襲撃をうけているのだ。喜太郎はむりにお品を放して、茶の間を出ながら、すばやくそこに置いてあった長脇差を取る。

「ああ、喜太さんいてくれたね」

「なんだ、亀吉じゃねえか。どうしたんだ。そのざまは」

さっき悪態《あくたい》をついて逃げて帰った泥亀が、頭からぬれねずみになって、寒そうにそこに立ってふるえているのだ。

「どうもすんません。兄貴のいうとおりになっちまやがったんで」

「ふうむ。じゃ、仲間にやられたんかね」

「バカにしてやがる。さんざん人をおだてやがって、身内にしてやるからとこき使っておいて、こっちはもう身内も同然だから、黙って見ていちゃ悪いと思って、さっき権太たちが桜井鬼五郎を案内してくるあとから、のこのこと黙ってついてきたんでさ」

「なんだ、それじゃさっきのほおかむりの三人のうちに、おまえもいたんだな」

この野郎と、兄貴。喜太郎は泥亀をにらみつける。

「ちがうんだ、兄貴。おれはもう喜太兄いの強いのはいやというほど知っているから、柳橋のところからただ見物していたんだ。けど、兄貴はまったく強いねえ」

「おだてたってだめだ。てめえは、おれがもし桜井に切られたら、手をたたいてわらってやろうという了見だったろう」

「それも少しちがうんだ。もし兄貴が桜井にやられて、みんながお品さんを船の中へかつぎこむようなら、足ぐらいは持っててつだわなくちゃ、義理が悪いと思ったんだ」

「あきれた野郎だなあ」

「喜太郎さん、なんだってそんなやつといつまで話しているんですよう。——亀公、さっさと出ていけ。憎らしい」

お品がたまりかねたように茶の間から出てきて、泥亀に浴びせかけた。

「こんばんは、お品さん。えへ、へ」

泥亀はお品を見あげて、変なわらい方をする。

「知らないってば、いやらしい。なにさ、その目つきは」

「髪がくし巻きになりましたね、ねえさん」

「大きなお世話じゃないか」

「うらやましいなあ。茶の間でふたりっきりで、島田がくし巻きにかわるほど、喜太さんにかわいがられて——えへ、へ、道理で店はるすだと思った」

「ぶんなぐるから」

お品はさっと白いこぶしを振りあげたが、半分はいい当てられているので、思わず顔がまっかになる。

「亀、人の心配なんかしていると、かぜをひくぞ」

喜太郎が苦笑する。

「いけねえ、おお寒い。こっちもとんだぬれ場でござんしてね、どぶうんときやがった」

「どこでぬれてきたんだ」

「なあに、三人のやつがどんどん両国橋をわたろうとするんで、黙っていたんじゃせっかくのこっちの働きがわからねえと思って、兄いたち、とんだことでござんしたねえと、ちょいとおせじを使ったんです。おや、野郎、どこにいやがったんだ。へえ、兄いたちのおてつだいをしようと思って、柳橋んとこへ立って見ていやしたというと、この野郎、てめえがしょっぱなにどじを踏むから、こんなことになるんだ。てめえは喜太郎につかまって、なにもかもしゃべっちまったんだろうと、ここで負けた腹いせに、三人でおれを袋だたきにしやがって、どぶうんと大川へほうりこみやがった。おれが船頭でなけりゃ、あぶなくお陀仏《だぶつ》にされちまうとこだったんです」

泥亀はさすがにくやしそうな顔をする。

「あいつらはそういうやつらなんだ。義理も人情もてまえがってなときばかりで、つごうが悪ければすぐ敵にまわる。それをやつらの身内にしてもらおうなんて考えた自分がバカだったと、まあ、あきらめるよりしようがねえな」

バカじゃ楽はできないと、喜太郎はなんだかおかしい。

「あきらめるとも。だれがくそ、もうあんなやつらの身内なんかになってやるもんか。おれは腹をきめちまったんだ。喜太さん、金五郎のいるところ、教えてやろうか」

「なにっ」

「おれ、しゃくにさわるから、みんなしゃべっちまう。文字富のひっこした先は、すぐそこの本所一《ひと》つ目《め》の橋の近くで、金五郎はそこの二階へ押しこめられているんだ。こんどは八百鉄がしり押しで、どうせ恵比寿屋から大金をゆすろうって魂胆《こんたん》なんだろ。行徳の梅吉は、もう自分が五十両もうけちまったから、こんどはあんまり気乗りがしなかったんだが、親分の八百鉄がそれを耳にして、恵比寿屋ならもっとゆすれる、おれが一役買ってやるからぜひやれって、半分は梅吉をむりにおどかしてやらせたんだ」

「どんなふうに恵比寿屋をゆすろうってんだね」

喜太郎は念のためにきいてみる。

「くわしいことは知らねえが、身内の話じゃ、文字富と金五郎を縛《しば》って並べておいて、そこへ親を呼び出す。梅吉はどうしても番所へ突き出すといっているが、だんなはどうするねって、八百鉄が口きき役にまわって、すごもうって筋書きらしいね」

「金五郎は文字富の二階で、縛られているんかね」

「はじめは船ん中で、文字富がしびれ薬をのませて二階へ運んだんだが、もう縛られたかもしれねえな」

「そうか。八百鉄はおれがいちばんじゃまになるんで、それで何度も眠らせようとしたんだな」

「そうなんだ。だいいち、喜太さんがいちゃ、お品さんをどうすることもできないからね」

「文字富の家は、一つ目の橋の近くのどこなんだ」

「相生町《あいおいちょう》一丁目と二丁目の間の横町の紺屋《こうや》の裏だからすぐわからあ。喜太さん、なぐりこみをかけるのか。ひとりじゃあぶねえぜ。今夜は八百鉄が自分でがんばってるかもしれねえからな」

喜太郎はそれには答えず、

「お品、なんかおとっつぁんの着古しを亀に一枚出してやってくれ。こんなぬれねずみで歩いていちゃかぜをひく」

と、お品にいいつける。

「そんなやつ、かぜひいたって自業自得《じごうじとく》だわ」

お品はまだおこっている。

「そうか。じゃ、おれのをやるからいい」

喜太郎は、いきなり自分の着物をぬごうとする。

「なにをするんですよ」

お品はびっくりして、うしろから喜太郎の両腕を抱きとめ、

「だれも出してやらないっていってやしないじゃありませんか。どうしてあんたきょう、そうすぐむかっ腹をたてるんですよ」

と、もう半分泣き声になっている。

「そんなら早く出してやれよ。悪いやつだって後悔すれば真人間だ。人がかぜをひくのを、ざまあみやがれって見ているのは、あんまり感心できねえ。そんなのはおれはきらいだ」

「わかったってば。あたしが悪かったんだから、おこっちゃいやだ」

「べつにおこっちゃいねえ」

「いますぐ出してくるわ」

お品はいそいで茶の間へはいっていく。

「なるほどねえ。喜太さん、女にもすごい腕だなあ」

「ひやかしちゃいけねえ」

「ひやかしゃしねえけれど、お品さんほんとうに首ったけなんだなあ。喜太さんにかかると、まるでぐにゃぐにゃだぜ」

泥亀はぺろりと赤い舌を出して、首をすくめてみせる。

喜太郎はもう相手にならず、むっつりと炉ばたへすわってなにか考えこんでいた。

八百鉄の月

それからまもなく、喜太郎は黙々と夜ふけの両国橋を東両国のほうへわたっていた。

江戸へきてまだ六十日にもならないのに、またけんか凶状をかさねて旅へ出な

ければならないのかと思うと、われながらわが運命がのろわしい。そ
が、金五郎の行くえがわかった以上、もうぐずぐずはしていられなかった。
れでなくてさえ、今夜は八百鉄の家へ切りこむ決心でいたのだ。
「お品、なんにもいわずにこの島吉兄貴の長脇差を、今夜おれにくれ」
泥亀に父親の着物を出してきてやって、こっちの顔色を見ながら前へきてすわ
ったお品に、いきなりいうと、お品はさっと青ざめてうなだれてしまった。
「おれはどうしても八百鉄を切る。どう考えても、あいつを生かしておいては、
恵比寿屋の親ごたちが泣かなければならないし、しまいにはおまえの身に災《わざわ》いが
かかって、おとっつぁんの今までのがまんもむだになるだろう。いや、ただ恵比
寿屋やここの家ばかりではない。だれかが身を捨ててあいつを切らなければ、こ
れから先幾人の人間が泣かされるかわからないんだ。おれはもう覚悟をきめた。
おまえも覚悟してくれ」
止めてもむだだと思ったのだろう、お品は黙ってうなずいた。
「よし、そう話がきまったら、塩むすびを二つばかりこしらえてもらうべ。腹が
すいていちゃいくさはできねえからな」
着物を着替え終わった亀吉が、あきれてぽかんとそこに突っ立っていた。

「亀さんも食べる」

台所へ立ちながら、お品がきく。

「ごちそうしてくれるんかね。ありがてえな」

喜太郎が二つ、亀吉が二つ、そしてお品が一つ、別れの杯ではなくて、別れの塩むすびだった。

「喜太さん、ほんとうにあたしをおかみさんだと思っていてくれるんでしょ」

上がりかまちに腰かけてわらじをはきだすと、お品がうしろへきて、改めて念を押した。

「女房だと思ってもいない者に、死ぬ相談はしねえ」

きっぱりと答えてやると、もう亀吉の前もなにもなかったらしい。ひしと背中へしがみついてきて、

「あたし、あんたが今夜無事にここへ帰ってこなかったら、あたしもきっと死ぬ。忘れちゃいやだ」

ほおずりしながら、わなわなとふるえていた。涙を見せては門出の不吉になると思って、いっしょうけんめいがまんしているのだろう。

「よくいってくれた、お品」

なまじ止めても、これだけは思いとまりそうもないと見たので、喜太郎も正直に本心を口にする。

「うれしいわ。三途《さんず》の川はいっしょにわたれるのね」

「お品、おれは八百鉄を切りに行くんで、切られに行くんではねえだ。たいていは無事に帰ってくるからな、けっしてあわてるんじゃねえぞ」

「きっと、きっとですよ」

どっとお品のほおへ涙があふれてきた。

「喜太さん、おれ文字富の家まで案内するよ」

泥亀がもそりといった。

「そんなことしてくれなくたっていい。それより、こんどこそおまえ八百鉄の身内に見つかると命がないぞ。しばらくどこかへ姿をかくしているがいいだ」

「そうはいかねえ。着物をもらったり、むすびをもらったり、一宿一飯《いっしゅくいっぱん》ってことがあらあ。ほんとうなら、おれ、兄貴に助太刀《すけだち》と大きく出てえところなんだが、おれはあんまり弱すぎるんでね、せめて道案内だけさせてくれよ」

「そうか。じゃ、たのむ」

亀吉が自分で道案内するというくらいなら、こんどはうそではないという自信もできた。

「お品、行ってくる」

喜太郎はお品を押しやるように立ち上がった。

「喜太さん――」

お品はひとこと名を呼んだだけだった。その世にも必死なまなざしに、喜太郎はうなずきかえして、足早に兼田を出てきてしまったのである。

「兄貴、兄貴のようなのが、男の中の男っていうんだろうな。お品坊が首ったけになるわけだ」

あとからついてくる亀吉がひとりで感心していたが、喜太郎はもうむだ口はきかなかった。どこから敵が飛び出すかわからないからである。

そのころ――。

八百鉄は文字富の家の長火ばちの前へどっかりと陣取って、差し向かいの文字富に酌《しゃく》をさせながら、一杯やっていた。八百鉄は四十五、六の、やや贅肉《ぜいにく》のついた苦み走った大男で、堂々たる親分ぶりだが、その細い切れ長な目がかみそりのように光りだすと、なにをやるかわからない陰険冷酷な男で、腕力も強いには強いが、その世の人とも知れぬ凶暴な性格が、いつの間にかあばれ者たちを征服して、かれをこの世界の親分にのしあげていたのだ。

かれには義理だの人情だのという人間なみのものは露《つゆ》ほどもない。ときとして人に情けをかけるのは、なにか目的があるからで、義理を口にするときか自我を押しとおそうとするときだ。常にあくことなく金と女をねらい、一度ねらったものは手段を選ばず今まではかならず物にしてきた。それだけ多くの人を泣かせ、世間をふるえあがらせてきたことはいうまでもない。

今もかれは恵比寿屋の金をねらい、女は兼田のお品をねらいつづけている。

そして、気の多い八百鉄は、子分の女房も同然の文字富にも心をひかれ、

「お富、おれのめかけにならねえか」

と、おくめんもなく持ちかけて、梅吉の知らないうちにわがものにしてしまい、多情な文字富の口から金五郎とのいきさつを耳にして、ぬけめなく、きょうの筋書きを書いたのだ。

とも知らず、八百鉄の手先になって、洲崎で喜太郎待ち伏せに失敗した行徳の梅吉が、傷定たちと仙台堀の八百鉄の家へ帰ってみると、

「親分は一つ目のおまえの家へ行っているぜ」

ということだった。

一つ目の家の二階へは、文字富がうまく金五郎をおびき出し、船の中でしびれ薬を一服盛って監禁してるはずである。親分はそのさしずに自分で出張《でば》ったのだと思い、傷定たちといそいで駆けつけてみると、八百鉄はいつも自分がすわる長火ばちの前で、文字富に酌をさせている。それは親分のことだから、どこへすわろうとがまんできるにしても、女房の文字富が立ってきてお帰りなさいといおうとしないのだ。

「お富、いいかげんにしねえか、お身内衆のてまえもあらあ。亭主が帰ってきたら、お帰りなさいと出迎えぐらいしたらどうなんだ」

むっとして茶の間へはいるなり梅吉がどなりつけると、

「梅、それよりまえに、てめえ、おれにただいま帰りやしたと、手をついてあいさつをするのが、親分子分の礼儀だろうぜ」

と、八百鉄がきらっと細い目を光らせる。

「すんません。親分、ただいま帰りやした」

「そうか、ご苦労だった。それで、首尾はどうだった」

「へえ、申しわけありません」

五人の先頭に口を切ってしまったんだから、梅吉は五人を代表して返事をするほかはない。

「なんだ。てめえたち、五人もそろって行って、まだ喜太郎って若僧に歯が立たなかったか」

八百鉄はじろりと五人をにらみまわす。

「こっちが弱いってわけじゃねえんですが、あの野郎はまったく化け物みたいに底の知れねえやつなんで、――なあ、兄いたち」

いちばん末席の権太がとりなし顔に頭をかく。

「バカ野郎。権太、むだ口をたたいていねえで、桜井先生をたのめ。野郎はたぶん兼田へ帰るだろうから、てめえすぐ訳を話して、兼田へ案内するんだ」

「なあるほど、桜井先生ならいくら喜太郎が化け物でも、こいつはかなわねえ」

「三下《さんした》は口先よりからだを使え。早くしねえか」

「へえ、行ってまいりやす」

権太はふたたび風のように飛び出していった。

ここの家は、下は玄関の三畳と、茶の間の六畳と二間きりのせまい家で、三畳のほうに八百鉄がつれてきた子分がふたり玄関をしめ、茶の間へ残った四人は、親分がいいといわないから、あぐらをかくことも、三畳のほうへさがることもできない。

「親分は、喜太郎よりお品って娘のほうが気になるんでしょ」

文字富がわざとつんと澄ましながら酌をする。

「なんだ、お富、おまえやいているのか」

「やきますさ。あたしだって女のはしくれだもの、あんな地娘のどこがいいんだろう」

文字富が亭主のほうは見向きもせず、おだやかならぬことを口走るので、はっと梅吉の目が光りだした。

「まあ、そうやくな。お品って娘は、まえからの意地で、ただ一度おもちゃにしてやりさえすればそれで気がすむんだ。おまえのほうがよっぽど情が深いし、おれはすっかり気に入っているんだ」

「うそばっかり——それがほんとうなら、みんなの前でちゃんと話をつけて、あたしをあねごと呼ばせてくださいよ。約束を忘れちゃいやだわ」

「ああ、そうだったたな。こいつはうっかりしていた」

八百鉄は好色そうな目じりをさげてわらいながら、ふっと四人のほうを向く。

「おい、梅吉——」

「へえ」

「文字富はおれが気に入ったから、きょうからめかけにする、そう思ってくれ」

さすがに梅吉はくちびるをかんで、黙って下を向く。

「不承知か、梅吉」

梅吉は返事ができない。

「不服そうだな、梅吉。よし、それなら親分子分の縁を切ってやるから、ここを出ていけ。くやしかったらいつでも相手になってやるから、改めてなぐりこみでも、呼びだしでもかけろ。ちゃんと申し渡したぜ」

八百鉄はそんなずぶといことを放言して、にやりと冷酷な微笑をうかべた。

さすがにほかの子分たちも、だれひとり顔をあげている者はない。

殺　意

「どうした、返事をしねえか、梅」

子分の女房を寝取っておきながら、破廉恥《はれんち》な八百鉄はあくまでもおうへいである。

行徳の梅吉も平気で女房に美人局《つつもたせ》をやらせるようなやつだから、けっして人間並みの口はきける男ではないが、こうまで人の前で踏みつけにされては、もう黙ってはいられなかった。

それにもまして腹にすえかねるのは、きのうまでわが女房であった文字富が、いつの間にかほかの男に心を移し、恥ずかしい顔ひとつするどころか、その亭主をけろりと忘れたように、こっちを見向こうともしない冷淡な態度だ。

「親分、お富はおまえさんにあげましょう」

「そうか、べつに礼はいわねえぜ」

八百鉄はふふんと鼻の先であざわらってみせる。

「ようござんすとも、そんな腹の腐《くさ》った女でよけりゃ、かってに持ってお帰んなさい」

「なんだと――」

「ついでに、あっしも今夜かぎり、親分子分の杯をおかえししやす。腐ったさかなをよろこんでくわえこむような、そんな山犬の子分なんざまっぴらでさ」

くやしさにぶるぶると身をふるわせながら、それがせいいっぱいの梅吉の悪態《あくたい》だった。

「野郎っ」

八百鉄の手から、持っていた杯がさっと梅吉の眉間《みけん》へ飛んだ。向こう見ずの腕っ節にものをいわせて、深川一の悪親分になりあがった男だから、ねらいそこなうようなことはめったにない。

「あっ」

梅吉が思わず眉間を押え、その手のひらを見なおすと、べっとり血がついていた。

「ざまあ見やがれ。いくじなしのくせに、とっとと出てうせろ。まごまご泣きごとをならべていやがると、そのやせ腕をへし折ってくれるぞ」

「ここはおれの家だ」

「大きく出たよ。おまえに買ってもらった物なんか、なに一つないじゃないか。あたしの物を、こそこそと持ち出してばかりいたくせに」

そっぽを向いたまま、文字富が冷笑する。

「ぬかしやがったな、あま」

どうにも引っこみがつかなくなって、長脇差《ながどす》をひっつかみながら、かっと立ちあがるのを、

「梅、待て——。まあ、こっちへこい」

見かねた傷定が押えて、そのまま表へ連れ出していった。刀をふりまわしたって、とうてい八百鉄にはかなわない男だし、ひっつかまってねじ伏せられ、大の男がひいひい音をあげるのを、黙って見ていなければならないのもつらいからだ。

「バカな野郎だ。お富、これでいいか」

ふたりが出ていってしまうと、八百鉄は文字富にそうききながらわらった。

「やっぱり貫禄《かんろく》がちがうんですね、親分」

「まあ、そんなもんかな」

「あたし、これでさっぱりしたわ。今夜からだれに気がねもなく、晴れて親分のおかみさんになれるんですものね」

「うむ、かわいがってやるぜ」

「じゃ、親分の子分は、みんなあたしの子分だと思っていいんでしょう」

「ああ、いいとも」

ふたりともけろりとして、杯をさしたりさされたり、そこに残ったふたりの子

分たちのほうが顔負けして、半分はあきれながら、困ったようにもじもじしている。

梅吉を連れ出した向こう傷の定吉は、もと石巻の佐助の子分だった。親分とふたりで江戸へきて、深川の八百鉄のところへわらじをぬいだ一宿一飯《いっしゅくいっぱん》の恩義があるから、お品ひっさらいの一役を買って柳橋の兼田へ押しかけたが、そこでまた因縁つきの喜太郎に敗北して追っ払われ、恥ずかしくて八百鉄に顔向けができないからといって、佐助は傷定だけを残し、自分はそのまま江戸を落ちてしまった。傷定がひとりであとへ残ったのは、親分佐助にかわってなにか八百鉄一家へみやげが残していきたかったからで、いわば客分としてやっかいになっていたのだ。

が、いま八百鉄が子分の女房を平気で寝取ったやり方の、あさましくも乱暴きわまる所業を見せつけられて、すっかりあいそがつきたらしい。黙って梅吉を両国橋のたもとまでつれ出し、

「梅、おれはおまえをここまでひっぱってきたが、べつになんにもいうことはねえんだ。ここで別れよう」

と、ふいに立ち止まっていった。

「どうするんだね、兄貴は」

「おれは今夜の八百鉄親分のやり方は好かねえから、このまま江戸を売ることにする」

「ああ、そうだったのか」

「考えてみりゃ、おれもおまえもあんまりいいことはしてきていない。ずいぶん世間を泣かしているんだから、いまさら人らしく意見なんかしようとは思わないが、文字富のような女だけはあきらめたほうがいいぜ。腹をたてるだけ、こっちが損だ」

「うむ、あんなちくしょうみたいなあま、おれはもうあきらめている」

「そうか。おめえにいいてえことはこれだけだ。じゃ、達者で暮らしな」

傷定はそういうや、もうさっさと吾妻橋《あずまばし》のほうへ別れていった。

「すまねえ、兄貴」

やみに消えていくそのうしろ姿を見送っていた梅吉は、さむざむと川風が腹の底まで吹きぬけていく気持ちだった。

――傷定がいうとおり、おれだってけっしてこれまで人間並みのまねはしちゃこなかった。

自分が泣かされる身になって、人を泣かす悪事というものがどんなに罪なものか、梅吉ははじめて身にしみてくるのである。

それにしても、ああまで冷淡にお富にそむかれたくやしさ、きっぱりあきらめたと傷定にはいいきったものの、まるで胸が煮えくりかえるようで、いても立ってもいられない気持ちである。

あんな女に、おれははじめからほれていたわけじゃなかったんだ。お富が、女ばかりじゃ寂しい、どろぼうがこわくってと、おれに持ちかけてきたから、それなら泊まっていってやってもいいぜと、おれも木や石じゃねえから、ついにいい気持ちになった。

——そうだ、あの晩おれは目が出て、二十両ばかりふところにあった。

そうか、してみると、お富は、おれという男より、あの金が目あてだったんだな。

「梅さん、あたしは執念深いんですからね、捨てると承知しないよ」

「だれが捨てるもんか」

「でも、心配だねえ。様子はいいし、ほどはいいし、こんなにお金を持たせておくと、どこへ行ってうわきをするかわかりゃしない。このお金はあたしがあずかっときますからね」

「ああ、いいとも。金なんざ一度目が出りゃ、いくらでもふところへころげこんでくらあな」

いい気になってあっさり二十両渡してしまったが、ほどのいいのはお富のほうで、あのときからおれはもういいように手玉に取られていたんだ。

その後、こっちはぱったりと目が出なくなり、いつも手ぶらで帰ると、

「男のくせに、おまえって案外いくじがないんだね。賭場《とば》で目が出なかったら、ぬすっとでもゆすりでも、金のはいる道はいくらでもあるじゃないか」

と、平気でぬかしていた。こっちは冗談だと思い、

「ふざけちゃいけねえ、ぬすっとをすりゃ手がうしろへまわるぜ」

とやりかえすと、

「じゃ、手がうしろへまわらない筋書きを、あたしが書いてやろうか」

そういって仕組んだのが、恵比寿屋の金五郎をひっぱりこんでの、あの美人局だった。

あのときの五十両だって、仲間はみんなおれがばくちでとられたようにいっているが、じつはそれもお富の知恵で、

「少しまとまった金がはいったとわかると、仲間が借りにきてうるさいからね、みんなばくちで負けたといいふらしておかなくちゃいけないよ」

といって、おれが小こづかいにもらったのは、たった三両だった。

いや、金のことなんかどっちだっていい。あたしはどうしてこうおまえがかわいいんだろうと、それだけ毎晩口ぐせのようにいってやがったくせに、あれもおれをうまく使うための手だったんだろうか。

「ちくしょう、もう承知できねえ」

あの燃えるようなはだを八百鉄に寝取られたんだと思うと、取った八百鉄も、取らせたお富も、生かしちゃおけないと思う。

「よし、姦夫《かんぷ》姦婦《かんぷ》、おれはふたりならべておいて、きっと首をたたきおとしてやる」

梅吉の胸へむらむらっと殺意が燃えあがってきた。

忍び寄る影

暗い両国橋を、どかどかと駆けわたってくるやつがある。

はっと梅吉が目をみはっていると、向こうも前までできて、ぎょっとしたように立ち止まり、やみをすかしてみて、

「なんだ、行徳の兄貴じゃねえか」

と、安心したように声をかけてきた。

熊松《くままつ》、ひょろ辰《たつ》、岩吉《いわきち》の三人で、亀吉を使って船でお品をさらいに行った帰りである。

「どうした、熊」

「面目《めんぼく》ねえが、兄貴、またしくじった」

「そうか」

「なあにね、はじめは亀がのろまだから、もうひと足でお品を船ん中へひきずりこもうというところへ、あいにくあの土百姓が深川から帰ってきやがった」

ああ、そうか、こいつらはお品をさらいに行ったのかと、はじめてわかったが、もうそんなことはどっちでもいい梅吉だ。

「兄貴の前だが、あの喜太郎って野郎は、まるで化け物みたいに強いなあ。おれたちあわてて逃げだして、さっき一つ目のところから船をあがると、ばったり桜井先生と権太に出会ってね、先生はこれから喜太郎を切りに乗りこむんだってい

うから、それじゃいくら喜太郎が強くても、こんどはのがしっこねえだろう、それ行けってんで、こっちはまた船で柳橋へ引きかえしたんでさ」

「うまくいったか」

「それがいけねえ。桜井先生どう気が変わったか、真剣勝負のさいちゅうに、もうよしたといって、ふいとどっかへ行っちまったんで」

「そうか、仕事があんまり悪どすぎるからなあ、だれだっていやけがささあな」

「なんだって、兄貴」

「なあに、こっちのことだ。桜井先生は侍だから、百姓なんか相手にしたくなかったんだろう」

「けがをしちゃつまらねえからね。どうも喜太郎のほうが強いようだったからな」

「それで、どうした」

「またしくじりで、命からがらの逃げだしで、あんまりしゃくにさわるから、亀吉のやつを三人で川ん中へほうりこんで、いま引き揚げの途中ってわけでさ。兄貴はこれからどこへ行くとこなんですね」

「おれは親分のいいつけで馬喰町の恵比寿屋へ行くところだから、ああ、そうそう、親分は今、仙台堀の家へお帰んなすった。しくじりのときは、なるべく早く飛んで帰って、あやまっちまうにかぎるぜ」

姦夫姦婦をやっつけるには、できるだけ子分たちのすくないほうがいいから、梅吉はとっさにうそをつく。

「そいつはちょいとまずかったなあ」

「どうして――」

「親分は文字富とでれついてるときのほうが、きげんが――」

「なんだと――」

「あわ、わ、わ」

熊公はあっと気がついたらしく、あわてて逃げだす。

「兄貴、気にしなさんな。熊は夢でも見ているんだろう」

ひょろ辰がきのどくそうに取りなそうとする口の下から、

「そうだとも、京の夢は間男《まおとこ》の夢ってね。あっ、いけねえ」

と、岩吉がうっかりまぜかえして、ふたりいっしょに熊松のあとを追っていく。

――そうか、知らぬは亭主ばかりなりで、もうみんな知っていたのか。

梅吉はまたしてもくちびるをかみしめずにはいられない。

梅吉は手ぬぐいをぬすっとかむりにして、もとの道を引きかえし、わが家の茶の間の窓下へ、足音をしのばせてそっと忍び寄った。雨戸のすきまからあかりがもれ、なにを話しているのかはよく聞き取れないが、たしかに話し声はする。八百鉄がお富を相手にまだ飲んでいるにちがいない。

——ちくしょうめ。

梅吉はいまに見ろと、歯をくいしばった。

二階に金五郎を縛《しば》ってころがしてあるはずだから、それをなんとかするまでは、八百鉄はここが動けないはずだ。ことによると泊まるかもしれない。泊まるようなら、寝こみへ踏んごんでやろう。もし帰るようなら、あとをつけて、うしろからふいに切り倒し、取ってかえして、文字富をたたっ切ってやる。

どっちにしても、命がけの大仕事だ。よっぽどうまくやらないと、あべこべにやられてしまう。憎いふたりをやっつけたあとなら、たとえ死んでもそれまでの命とあきらめもつくが、こっちだけ殺されたんでは、それこそ死んでも死にきれない。

梅吉はごみ箱のかげへうずくまって、しんぼう強く時のくるのを待っていた。

と、中から玄関の格子《こうし》があいて、だれか出てきたようだ。三下《さんした》らしい。なにか鼻歌をうたいながら、竹がきの破れめから前の紺屋《こうや》の広場へはいっていって、立ち小便をやりだした。

――おや。

やみではっきりとわからないが、だれかそのうしろへ、ふっと黒い人影が立ち止まったようである。

梅吉は地をはうようにして、少しそっちへ近づいていってみた。

「おい、声をたてると、命をもらうぞ」

黒い人かげのいうのが聞こえた。

「あっ」

「いいから、用をたしてしまえ。話は用をたしながらでもできる」

「へえ」

「八百鉄はまだあの家にいるだろうな」

「おりやす。おまえさんはどなたさんで」

「恵比寿屋の番頭喜太郎って者だ」

あっと驚いたのは三下ばかりではなく、さてはきたなと、梅吉も思わず息をのむ。

「おまえ、おれを知っているかね」

「へえ。た、たすけておくんなさい」

「おまえが声さえたてなければ、なんにもしねえだ」

「おとなしくしやす。けっして大きな声はたてやせん」

三下はがたがたふるえているようだ。

どうやら、喜太郎は用心深く、その三下の背中を、おどしに長脇差の柄頭《つかがしら》でこづいているようだ。喜太郎の強いのを知っている三下は、それだけで身動きができなくなったのだろう。

「あの家に、いま身内のものは何人いるね」

「玄関の三畳に、あっしと、もうひとり半太《はんた》がいやす。茶の間に親分がお富と長火ばちを中にして一杯やっていやす。そのすみっこに兄貴分の者がふたり、かしこまっていやす。下にはそれだけでござんして――」

「二階には――」

「金五郎さんがひとり、縛ってころがしてありやす。あっしがやったんじゃありやせん」

「そうか。まだ動いちゃいけねえぞ」

喜太郎はそういって、ちょっと思案しているようである。

喜太郎がちょっと心配になるのは、こっちはひとりだ、階下で八百鉄をとっちめている間に、もし子分のうちに気のきいたやつがいて、二階の金五郎を枷《かせ》にでも取られると、こっちの負けになる。

亀吉が案内役を買って出て、いっしょについてきてはいるが、この男にあぶないまねはさせたくない。

あとで一家の者にいじめられてはかわいそうだからだ。

そうかといって、二階の金五郎を先に助けに行ったのでは、八百鉄に逃げられるおそれがある。

――しようがない、いちかばちか、こっちが早く八百鉄を押えつけて枷に取る。

その一手だ。

喜太郎の思案がそうきまったとき、

「あっ、喜太兄貴、行徳の梅吉だ」

と、ふいにうしろで泥亀が教えた。

「しっ」

その梅吉はいそいで泥亀を制して、

「大きな声をたてるな。おれはもう八百鉄の子分じゃねえや」

と、低い声にひどく恨《うら》みがこもっているようだ。

そうか、梅吉は八百鉄に女房を横取りされて、ことによると自分が八百鉄をやっつけたいところかもしれぬと、喜太郎は早くも察したが、それをいいことに梅吉の手を借りようなどと、そんなけちな了見は露《つゆ》ほどもおこさぬ喜太郎だ。

「おい、三下」

「へえ」

まだうしろを向いて立っている三下が、おとなしく返事をする。

「おれはこれから家の中へあばれこむ。おまえ、けがをしたくなかったら、しばらくここを動くんじゃねえぞ」

「へえ、動きやせん」

喜太郎は三下のそばを離れて、大またに文字富の玄関のほうへ歩きだした。

「兄貴、いよいよやるのか」

亀吉がはっとしたようについてくる。

「亀、あぶないから、おまえも外で待ってろ」

「すまねえなあ、喜太兄貴。おれがもっと強いと、こんなときばかにたのもしいんだが、あいにくちっとも強くないんでね」

喜太郎は亀吉の変な言いわけを聞き流しながら、そこだけぼんやりとあかるい玄関の前へ立って、がらりと格子をあけた。

「弥《や》あ公か」

中から玄関番の半太がきく。

黙って障子をあけて、ぬっと半太が目を丸くしたときには、喜太郎はもうつかつかと茶の間へ押しこんでいた。

なるほど、すみっこに子分がふたり、長火ばちの前に文字富と差し向かいになっているのが八百鉄だろう。

「だれだ、てめえは――」

さすがにすばやく長脇差をひっつかんで立ち上がる。

が、いざとなると敏捷《びんしょう》無類の喜太郎だから、八百鉄が立ち上がったときにはもうそのふところへ飛びこんで、敵に長脇差を抜くすきを与えず、胸倉《むなぐら》をしっかりと両手で取っていた。

「おれは兼田の喜太郎だ」

恵比寿屋といわなかったのは、なるべく子分たちに二階の金五郎を思い出させない用心である。

「うぬっ、てめえか、喜太郎っていう銚子の土百姓は」

腕力には自信のある八百鉄だから、くそっ、小僧と、長脇差を捨てて、両手で喜太郎の腕をつかみ、ねじ放そうと満身の力をこめたが、喜太郎は五人力といわれるくそ力のうえに、ただ胸倉をつかんでいるのではない、柔らの手でえり締めに出ているのだから、八百鉄は思うように力が出しきれない。

「野郎っ、――くそっ」

「じたばたするでねえ、この悪党野郎め。てめえのような悪どい毒虫を生かしておくと、これから先も、善人がどれほど泣かされるかわからねえ、天に代わっておれが引導わたしてやるから、おとなしく地獄へ行っちまえ」

「うぬっ、――てめえなんか」

「だめなこった。そら、締めるぞ」

じわじわとえりの手に力がはいる。まるで万力にはさまれたようで、八百鉄も手足を死にもの狂いにばたつかせたが、さっきから酒はまわっているし、たちまち息が苦しくなってくる。

「やい、てめえたち、早く、早く野郎をたたっ切らねえか」

「だめなこった」

喜太郎はちゃんと自分の背を壁でまもって、八百鉄のからだを楯《たて》にしているのだ。

「野郎っ」

「うぬっ」

ふたりの子分どもは長脇差の柄に手をかけて、八百鉄のうしろでうろうろするばかりである。

「ちくしょう、く、くるしい」

「そうら、死相が出てきた。てめえは地獄へ行くんだ」

「た、たすけてくれ」

八百鉄は醜悪《しゅうあく》な顔をゆがめて、はじめて死の恐怖におびえてきた。

「だれが助けてやるもんか。てめえを恨み死にした怨霊《おんりょう》が、この家いっぱいに集まってきて、手をたたいてよろこんでいらあ。てめえにはその顔が見えねえか」

「た、たすけてくれ」

八百鉄はもう身もがきするばかりだ。

子分たちも、長火ばちの前の文字富も、いまはぼうぜんと親分の身もがきをながめているばかりだ。

「そうら、怨霊が迎えにきたぞ」

「た、たすけてくれ」

「てめえが殺した怨霊たちにきいてみろ」

喜太郎はわざと低い声で責めつける。事実、ひとりの悪党の死の断末魔だけに、怨霊がその肩のあたりにすがりついて手招きしているのが、子分たちには目に見えるようで、なんとなく背筋が寒くなってくる。

「お、おれが悪かった」

「いまさら、その手にのるもんか」

「く、くるしい。助けてくれ」

喜太郎はさっきから一度に八百鉄を締めおとそうとはせず、心から後悔するようなら、命だけは助けてやってもいいと思いはじめているのだ。それだけに、八百鉄の苦痛は長びくことにもなる。

「ふん。喜太郎は強いんだね」

それまで黙って喜太郎をにらみつけていた文字富が、いかにも小バカにしたようにいいながら、すっと立ち上がった。

おやと見ているうちに、そのまま茶の間を出ていこうとする。

「あっ、文字富、どこへ行く」

二階の金五郎をねらう気だなと見たから、喜太郎の声が思わず大きくなったとき、ぱっと玄関から抜き身を持って行徳の梅吉がおどりこんできた。

「あれえ、梅さん」

お富がさすがにぎょっとあとへさがるのを、

「なにをぬかしやがる、淫婦《いんぷ》め」

梅吉はかまわずだっと長脇差をお富の肩先へたたきつけた。

「ああっ、人殺しい」

悲鳴をあげてのけぞるお富を、

「こんちくしょう――」

と、梅吉は足をあげてけ倒し、次の瞬間、

「てめえもくたばれ」

おなじ血刀で、喜太郎に押えられている八百鉄のうしろから、背中を一刺しにした。

あっと喜太郎が手を放して、横へ逃げたので、

「ううむ」

急所の痛手に八百鉄はひとたまりもなく、どすんとそこへしりもちをついてしまった。

「やったな、梅吉」

ふたりの子分はあっけに取られて、親分が悪いのはわかっているし、いまさらどうしようもなく、ぽかんと突っ立ったきりだ。

「喜太さん」

梅吉は目をぎらぎらさせながら、

「ここはおれが引きうけた。お富と八百鉄を殺したのはおれだ。おまえさんはかまわず、二階の金五郎を助けて帰ってくんな」

と、まだ息をはずませている。

「そうか、じゃおれは帰る」

ふたりが梅吉に切られたのは自業自得《じごうじとく》で、喜太郎の知ったことではない。すぐに二階へあがってみると、はたして金五郎が手足を縛られて、ふとんの中にころがされていた。いそいで縛を解いて、

「どうした、若だんな。しっかりしてもらいてえな」

と、抱き起こしてみると、さいわいしびれ薬はさめていたらしい。

「すまねえな、喜太さん。色男もこれでなかなか楽なもんじゃねえや」

てれかくしに金五郎はそんなことをいって、しかし、まだひどくからだが大儀そうだ。

「しようがねえな。よし、それじゃ、おれが楽な色男にしてやろう」

けっきょくは喜太郎は金五郎をおぶって帰るほかはなかった。

けんかよけのお守り

そのころ――。

お品はおりよく父親の磯吉が夜づりの供からもどってきたので、ひとりの胸にはおさめておききれない今夜の話を洗いざらい耳に入れて、

「おとっつぁん、喜太さん死んだら、あたしも死んじまいます」

と、たもとを顔にあてて、子どものように泣きだしてしまった。

「そうか、喜太さんとうとうそんな気になってしまったんか」

無意識にタバコを詰めようとするキセルの手が、ひどくふるえて、

「お品、ここで泣いたってしようがなかろう」

娘をしかってはみたものの、磯吉もまた居ても立ってもいられない気持ちだった。

喜太郎にそんなまねをさせたくないから、磯吉はみすみすかたり取られるような五十両の借金も黙って八百鉄にかえしてあるのだ。それをあくまで執念深くお品をねらう八百鉄も悪どすぎるが、それならそれで江戸には町奉行所というものがあるのに、自分にひとことの相談もなく、たったひとりでそんなところへ切りこんでいった喜太郎の血気もうらめしい。

「いったい、喜太さんはいつごろ家を出ていったんだ」

「もうずっとさっきだわ」

「それじゃ、これからその一つ目の文字富の家をさがしていって、まにあうかどうかわからないが、おとっつぁんこれからひとっ走り行ってみてこよう」

どうにもほっておけない気がするのだ。

「おとっつぁん、あたしも、あたしも行く」

「バカいうな。女がそんなところへ行って、なんの役にたつんだ」

「いやっ、いやっ、あたしも行かせて」

かわいそうにと、磯吉はその娘の必死な顔を見て、またしても老いの胸が迫る。もし喜太郎の身にまちがいでもあればむろんのこと、たとえうまく八百鉄を切っても、喜太郎にはまえのけんか凶状《きょうじょう》があるから、今夜のうちに江戸を立たせなければならないのだ。

追われて逃げる者に、足弱の女は足手まとい、いっしょに落としてやりたくても、喜太郎が迷惑するのだ。鬼になってもお品をとめて、時のくるのを待たせなくてはならない。それならなまじ顔を見せないほうが、おたがいにあきらめがいいだろう。

「お品、おまえは行っちゃなんねえ」

「おとっつぁんは、どうしてそう意地が悪いのよう。あたしが、あたしがどんなに喜太さんのことを思っているか、ちゃんと知ってるんじゃありませんか」

まったく手がつけられない。磯吉が立つにも立ちきれず、当惑しているとき、がらりと表の油障子があいた。

「あっ、親方――」

勢いよく土間へ飛びこんできたのは亀吉だ、――亀吉はそこに磯吉がすわっているのを見ると、このあいだ悪いことをして追い出されたばかりなのだから、

「へ、へ、こんばんは」

と、急にしりごみをする。

「亀さん、あの人は、――喜太さんは」

いっしょに行った亀吉が、ひとりで先に帰ってくるようではと、お品の顔がさっと青ざめる。

「ご注進、ご注進、たいへんだぜ、お品ちゃん」

「あっ、やっぱり――」

「そのとおりなんだ。喜太郎兄貴は強いのなんのって」

「なんですって――」

「いま、恵比寿屋の若だんなをおぶって、そこへ帰ってきまさあ」

「バカ野郎、なぜそれから先へ、早くいわねえんだ」

磯吉がほっとして、思わず亀吉をどなりつけている間に、お品はもう足もとから鳥が立つように、ひらりとはだしで土間へ飛びおり、あけっぱなしの入り口から風のように表へ走りだしていた。

「亀、喜太さんは八百鉄を切ったのか」

こんどはそれが心配になりだす磯吉だ。

「いいえね、親方、喜太兄貴が八百鉄の胸倉をとって、ぎゅうぎゅういわせているところへ、――八百鉄に女房のお富を横取りされた行徳の梅吉が飛びこんでいって、あっという間にお富をたたっ切り、八百鉄の背中を刺し殺してしまったんです」

「そうか、そうか。じゃ、下手人はその行徳の梅吉って男なんだな」

磯吉は、やれ助かったと、我にもなく涙がこぼれそうになる。

「お品、おまえまでおれにぶらさがっちゃ、重いよう」

金五郎をおぶった喜太郎が、そんなことをいいながら、やっと土間へはいってきた。

「うそばっかり――。ぶらさがりもしないのに」

お品はもう舌がとけてしまったように、喜太郎をこづいておいて、いそいで台所のほうへ足を洗いに逃げていく。

「おやじさま、ご心配をかけたです」

「うむ、まあいい、まあいい。それで、若だんなはどうしたんだね」

「まだ薬がさめたばかりで、からだがだるい、頭も痛いっていうんで、このまま家へつれていって、親だんなが心配してもいけねえと思ったもんだから」

「そうか、そりゃいいところへ気がついた。二階で少しお寝かせ申してな、なあに、恵比寿屋さんへは、そうだ、ちょっと話もあるから、あとでおやじがお知らせにあがるとしよう。亀、手を貸しな」

「へえ」

磯吉は亀吉にてつだわせて、かいがいしく金五郎を二階へかかえていく。

なんともまの悪い金五郎は、眠っているふりをして、ひとことも口をきこうとはしなかった。

足を洗ってきたお品は、台所からすぐに茶の間へはいって、仏壇にあかしをあげ、そのままそこで急にたもとを顔にあてている。うれしくて、涙がとまらないのだろう。

「あれえ、お品、泣いてるのか」

「知らない、人の気も知らないで」

「そんなことはねえだ。おれお品の気持ちちゃんとわかってるから、こうやって無事に帰ってきたんだけどな」

磯吉が二階からおりてきて、喜太郎とさし向かいの炉《ろ》ばたへすわった。

「喜太さん、これだけは年寄りのいうことをぜひ一つ聞いてもらいたい」

「どんなことでごぜえましょう」

「聞けばおまえさんは、八百鉄を手にかえてはいないそうだ。けど、八百鉄にはほかに身内がたくさんいるし、今夜の桜井鬼五郎というご家人くずれも、けっして喜太さんにいい気持ちは持っていなかろうと思う。それやこれやで、おまえさんがこのまま江戸にいると、またとめんどうが起こる。今夜のうちといってもなんだから、あす夜のあけないうちに江戸を立って、三月か半年、上方《かみがた》見物でもしてきてもらいたいと思うんだが、どんなもんだろうね」

なるほど、そういわれてみると、たしかにそのとおりだ。あれだけはでなことをやってのけたのだから、悪い親分でもなかにはほんとうに恩をうけた子分も何人かはいるだろう。それらにねらわれると、べつにこわくはないが、また刃物ざんまいにならないとはかぎらない。

「よくわかったです。おやじさまのいうとおり、わし、今夜にも江戸を立ちます」

お品がびっくりしたように仏壇の前に立ちつくしている。

「そうか、そうか。そう話がわかってくれれば年寄りも安心だ。そこでな、喜太さん、おまえさんひとりを手放すと、またどこでどんなけんかをやるかわからない。それではせっかく仏作《ほとけ》って魂《たましい》入れずになる。けんかよけのおまもりに、うちのお品をつけてやるから、そう思ってもらいましょう」

「けど、それじゃ年寄りのおやじさまがひとりになって――」

「いいや、あとのことはなんにもいってもらわなくてもいい。ここのところは年寄りのいうことを、ただはいはいと聞いてもらいます」

「わかったです。ありがたく、わし、おまもりをいただいていくです」

「そうか、いうことをきいてくれるか。ありがたい。それじゃな、喜太さん、おれはこれから恵比寿屋へ行って、親だんなにようく今夜のわけを話して、いろいろお願いをしてくるから、お品と、忘れ物のないように旅じたくをしておくがいい。――お品、おとっつぁんちょっと恵比寿屋さんへ行ってくるよ」

磯吉は気軽に立ち上がって、さっさと家を出ていく。

「さあ、たいへんだ」
喜太郎は承知はしたものの、いささかめんくらった形で、したくといっても何をどうしていいのか見当がつかず、思わずお品のほうを見る。
「今夜駆け落ちだとよ、お品」
「そんなことといったって、あたし」
お品はうれしい。うれしいにはうれしいが、これもあんまり急で、ただぼうっ
と喜太郎の顔をながめている。
おかしなことには、ふたりはまだ茶の間と炉ばたに別れて、そばへ寄ることも
忘れているようだ。いや、忘れているのではなく、いよいよ晴れていっしょにな
れるのだときまったとたん、ふたりともなんだか安心して、そばへ寄るのがちょ
っと気恥ずかしくなっているのかもしれない。

コスミック・時代文庫

恋風千両剣《れんぷうせんりようけん》

2023年7月25日　初版発行

【著 者】
山手樹一郎《やまてきいちろう》

【発行者】
佐藤広野

【発 行】
株式会社コスミック出版
〒154-0002 東京都世田谷区下馬 6-15-4
代表　TEL.03(5432)7081
営業　TEL.03(5432)7084
　　　FAX.03(5432)7088
編集　TEL.03(5432)7086
　　　FAX.03(5432)7090

【ホームページ】
http://www.cosmicpub.com/

【振替口座】
00110-8-611382

【印刷／製本】
中央精版印刷株式会社

乱丁・落丁本は、小社へ直接お送り下さい。郵送料小社負担にて
お取り替え致します。定価はカバーに表示してあります。

ISBN978-4-7747-6482-5 C0193

恋風千両剣

山手樹一郎

コスミック・時代文庫